DREAMBOOKS

DREAMBOOKS

DREAMBOOKS

DREAMBOOKS

천극의 서

天極之書

권인호 신무협 장편소설

ORIENTAL FANTASY STORY & ADVENTURE

9

dream books
드림북스

천극의 서 9 소림혈사

초판 1쇄 인쇄 / 2013년 8월 1일
초판 1쇄 발행 / 2013년 8월 8일

지은이 / 권인호

발행인 / 오영배
책임편집 / 편집부
펴낸 곳 / (주)삼양출판사 · 드림북스

주소 / 서울특별시 강북구 솔샘로67길 92
대표 전화 / 02-980-2112 팩스 / 02-983-0660
편집부 전화 / 02-980-2116 팩스 / 02-983-8201
블로그 / blog.naver.com/dreambookss

등록번호 / 제9-00046호
등록일자 / 1999년 3월 11일

값 8,000원

ISBN 978-89-542-4598-2 (04810) / 978-89-542-3675-1 (세트)

* 지은이와 협의하에 인지는 생략합니다.
* 잘못된 책은 구입한 곳에서 바꾸어 드립니다.

이 도서의 국립중앙도서관 출판시도서목록(CIP)은 서지정보유통지원시스홈페이지(http://seoji.nl.go.kr)와 국가자료공동목록시스템(http://www.nl.go.kr/kolisnet)에서 이용하실 수 있습니다. **(CIP제어번호: 2013013010)**

천극의 서
天極之書
권인호 신무협 장편소설
ORIENTAL FANTASY STORY & ADVENTURE
9
소림혈사
dream books
드림북스

목차

천국의 서

제1장

파천대성, 중원 무림의 희망을 담다

천극의 서

현천문 문주 옥면신룡 소천풍이 흑지 비사천문의 일만 고수를 단신으로 물리치다!

남녕에서부터 전해진 소식 하나가 세상을 발칵 뒤집었다.

술자리든 식사자리든, 심지어 아낙네들 빨래터에서마저도 두 사람 이상만 모이면 온통 그 얘기뿐이었다.

처음에는 불신이 지배적이었다.

'혼자서 일만 명이라니? 그게 어디 말이나 될 법한 소린가?'

'내 말이 그 말일세. 더욱이 흑지 비사천문의 고수라고 하면 하나하나가 구대문파의 제자들을 능가한다고 알려진 실력자들이라 하던데, 손오공의 분신술이라도 익히지 않은 다음에야 턱도 없는 소리지.'

그저 말하기 좋아하는 호사가들이 아무렇게나 지껄여대는 헛소문으로만 생각했다.

하지만 그날 그곳에서 직접 목도한 자들의 증언들이 속속 이어져 나오면서 불신은 설마가 되었고 그 설마는 곧 환호가 되었다.

그야말로 천지개벽이었다.

그야말로 경천동지였다.

세상의 찬양과 흠모가 개세지재의 영웅 소천풍에게로 모아졌다.

그전까지만 해도 천하오절이라는 이름에 가려져 있던 옥면신룡의 존재가 이제는 오히려 천하오절보다도 더 커졌고 더 높아졌다.

심지어 옥면신룡이란 별호마저도 바뀌었다.

파천대성(破天大聖).

흑지 비사천문을 부수었다 해서 파천이고 대성은 손오공의 제천대성에서 따왔다. 그만큼 천풍의 능력이 전설의 손오공처럼 신기막측하다는 의미기도 했지만, 손오공이 도적과 요괴를 물리쳐 진경을 얻었듯이 흑지 비사천문을 물리쳐 달라는 중원 무림인들의 염원도 거기에 담겨 있었다.

그날의 일로 세상의 관심을 받게 된 것은 비단 천풍만은 아니었다.

'파천대성도 파천대성이지만 현천문 문도들도 대단하지 않은가? 남녕 지부의 동지들을 살리기 위해 스스로 화살받이를 자처하여 흑지 비사천문의 일만 적도들을 막았다고 하니…… 더구나 그때는 마침 파천대성마저 자리를 비웠었다고 하던데 말이야.'

'어디 그뿐인가? 고작 삼천으로는 반 각도 버티지 못할 거라 했다던데 웬걸? 파천대성이 도착할 때까지 무려 두 시진이나 일만 적도들의 발목을 잡고 있었다지 않은가. 만일 그때 현천문이 버티지 못하고 일찍 무너졌다면 우리 측 피해가 지금보다 몇 배는 더 컸을 거라 하더군.'

있었던 사실에 없었던 일까지 더해져, 죽은 천오백 명의 현천문 문도들은 살신성인의 표본을 넘어 구국의 영웅으로까지 불렸다.

현천문의 위상도 전과는 확연히 달라졌다.

천하오절에 열광했던 사람들은 물론이고, 그동안 삼류 떨거지니 장사치 나부랭이니 하며 현천문을 멸시하던 소위 명문 무가들조차 현천문과 파천대성이라는 이름을 더는 부정하지 못했다.

무림에 지각 변동이 일어나고 있었다.

기존에 단단히 굳어진 무림의 판세가 현천문으로 인해 송두리째 뒤흔들리고 있었다.

바야흐로 새로운 바람이 불고 있는 것이다.

그리고 그렇게 불기 시작한 바람은 무림 각지로 퍼져나가 각기 다른 생각을 가진 자들의 각기 다른 열망과 욕심을 부추겼다.

*　　*　　*

숭산 소림사(嵩山少林寺).

소림 방장 공효가 혜정을 보며 말했다.

"내일은 길을 나서야겠구나."

혜정이 물었다.

"너무 이른 것이 아닙니까?"

혜정의 말대로 너무 일렀다.

공효가 세상으로 나간다는 건 혜광이 무림맹에 들어간 것과는 그 의미가 달랐다.

봉문을 깨고 혜광을 무림맹에 보냈다고 해도 소림의 문은 여전히 굳게 닫혀 있었다. 그것은 소림 방장 공효가 소림의 산문 밖으로 한 걸음도 내딛지 않았기 때문이다.

소림은 곧 공효였고 공효가 곧 소림이었다. 공효가 세상으로 나간다는 것은 그로써 소림이 세상을 위해 문을 연다는 뜻이었다.

하지만 아직은 때가 아니었다.

천 년의 시간 동안 무림에 군림해 온 소림이다. 하지만 십 년이면 강산도 변하는 것이 또한 세상이다.

소림이 문을 걸어 잠근 지가 칠십 년이었다. 강산이 일곱 번이나 변할 만큼의 시간은 무림인들의 뇌리에서 소림의 천 년 역사마저도 희석시키기에 충분했다.

더는 소림이라는 이름만으로 무림을 영도할 수 없다.

그래서 소림은 숨죽였다.

숨을 죽이고 소림이 세상에 첫걸음을 내딛기에 가장 좋은 때를 기다렸다.

마침 중원 무림을 향한 흑지 비사천문의 도발이 시작되었다. 더구나 적도를 이끌고 있는 것이 도제 백무강이라 했다. 도제 백무강이라는 그 이름 하나만으로도 사막에서 불어온 모래바람이 쉬이 사그라지지 않을 것임은 명약관화한 일이었다.

그야말로 난세가 도래한 것이다.

그리고 그 난세는 숨죽여 때를 기다리던 소림에게는 더

할 나위 없는 호기였다.

먼저 세상에 나갈 필요가 없다.

사막의 모래바람 속에서 무림이 먼저 소림을 찾을 것이다.

소림의 이름을 굳이 세상에 외칠 필요가 없다.

난세가 원하는 영웅은 바로 소림일 테니까.

그렇게 기다렸다.

한데, 무림이 소림을 부르기도 전에 난세의 영웅이 탄생했다. 그리고 안타깝게도 그 난세의 영웅은 소림이 아니었다.

소천풍, 그리고 현천문…….

아직 소림은 제대로 걸음마조차 떼지 않았는데 벌써 사막의 모래바람이 사그라지려고 하고 있었다.

이대로 넋 놓고 강 건너 불구경만 하고 있을 수가 없었다.

세상에 나서기에는 아직 때가 일렀지만 더는 기다릴 형편이 아니었다. 자칫하다가는 봉문을 깬 것이 무색할 만큼 소림이라는 이름이 세상의 관심에서 멀어질 수도 있었다. 아니, 이미 무림은 소림을 잊어가고 있었다.

그래서 원하던 모양새는 아니었지만 걸음을 내딛기로 했다.

그래야만이 난세의 영웅은 되지 못하더라도 적어도 훗날 무림을 위해 아무것도 하지 않았다는 지탄만큼은 피할 수 있을 테니까.

물론 누군가의 들러리로 만족할 정도로 숭산 소림사가, 대소림 본산의 이름이 가벼운 것은 아니었다.

"그 아이…… 파천대성이라 한다던가?"

"예."

"장경각을 그리 만든 것이 그 아이라 했었지?"

"예."

그날의 일을 모두 묻어두기로 혜광과 약조를 하고 천풍에 대한 추적을 중단하기는 했지만, 그렇다고 조사를 완전히 그만둔 것은 아니었다.

혜정은 무당에서부터 이어진 혜광의 흔적을 좇았고 결국 그 끝에 옥면신룡이 있음을 알게 되었다. 모든 정황으로 미루어볼 때 그날의 범인은 옥면신룡, 아니 이제는 파천대성이라 불리는 현천문 문주 소천풍이 분명했다.

"어쩌면 그날 그렇게 남겨둔 빚이 꽤나 요긴하게 쓰일지도 모르겠구나."

사람의 목숨 빚이란 것은 누구의 것이냐에 따라서 그 가치가 달라지는 법이다.

그것이 가난한 자의 목숨이라면 은자 한 냥도 받기가 힘들지만 그것이 부자의 것이라면 황금 백만 냥도 될 수가 있는 게 또한 목숨 빚이다.

다행히 파천대성 소천풍은 가난한 자가 아니었다.

소림이 지난 빚을 얼마나 적절하게 써먹느냐에 따라서 그 가치는 황금 백만 냥 그 이상이 될 수도 있었다.

"내가 너무 속되다 보느냐?"

"소림을 위한 일입니다."

"그렇지. 오롯이 불제자의 길만을 걷고자 했다면 내 대에서 다시 문을 열지도 않았을 게야."

칠십 년 만에 문을 연 것은 부처님의 제자가 아니라 소림 방장으로서의 결정이었다. 적어도 소림이 천 년의 역사 위에 다시 우뚝 설 때까지는 그 결심에 흔들림이 없을 것이다.

"허면, 먼저 무림맹으로 가실 요량이십니까?"

"아니다. 세상에 나서는 첫걸음은 마땅히 무림맹이 되어야 할 테지만…… 역시 내 눈으로 직접 그 아이를 보고픈 마음이 더 급하구나. 혜광에게 연통을 넣어 그 아이와의 자리를 한번 마련하라 이르거라."

"그러고 보면 혜광 사제가 그자와 사귄 것은 사제가 소림을 위해 처음으로 잘한 일이 아닐까 싶습니다."

"허허. 그게 그렇게 되는구나. 신의로써 지기를 얻고 그것이 소림에도 도움이 된다면 그보다 좋은 일이 없는 게지."

"혜광 사제가 좋은 인연을 맺었습니다."

"좋은 인연이라…… 허나 좋은 시대는 만나지 못한 것을……."

"무슨 말씀이신지……?"

"다른 시대였다면 능히 천하를 굽어볼 재능이 아니냐? 한데 진현 하나로도 모자라 파천대성이라는 희대의 인재와 동시대를 살아가야 하니 말이다. 혜광 그 아이에게 지금은 그리 좋은 시대가 아닌 게지."

적이 아니라 친구로 만난 것이 그나마 다행이라면 다행일까?

"파천대성이라…… 아무리 영웅은 하늘이 내는 것이라지만 갑자기 어디서 그런 인물이 나타난 겐지…… 부처님의 심술인 겐가?"

씁쓸한 미소가 입가에 걸렸다. 그런 공효의 노안에는 역시 기대보다는 근심이 앞섰다. 그러면서도 그는 어쩔 수 없는 호기심을 감추지 못했다.

파천대성 소천풍이란 이름이 근심이자 호기심인 것은 비단 공효만은 아니었다.

"파천대성 소천풍이라……."

근심에 잠긴 무당 장문인 해천이 연신 그 이름을 되뇌었다.

알고 있는 자였다.

언젠가 무당산에 올라 무당파를 한바탕 발칵 뒤집어 놓고 사라졌던 기억이 있었다. 하지만 다시 생각해보면 과연 그자를 알고 있다고 할 수가 있는지 의구심이 든다.

해천이 알고 있는 천풍은 천절문이라는 한낱 보잘 것 없는 문파의 우두머리였지, 무림사세와 어깨를 견주는 현천문의 주인은 아니었다. 옥면신룡은 비록 그 재능이 놀라운 후기지수였을망정 이렇듯 천하를 굽어보는 거인은 아니었다.

'아무리 사별삼일(士別三日)이면 괄목상대(刮目相對)라지만…….'

변해도 너무 변했다.

그의 괄목상대한 변화로 이제 무림은 격변의 시대를 맞이하고 있다.

돌이켜 보면 옥면신룡으로 인해 향후 무림이 큰 혼란에 빠질 것이라 했던 화산 장문인 단학영은 실로 선견지명이 있었다.

그 재능을 두려워했던 단학영과는 달리 그 재능을 오히

려 기대로 받아들였던 자신이 참으로 안일했었다.

이제는 막을 수도, 그렇다고 눌러버릴 수도 없는 거인이 되어버렸다. 그 거인으로 인해 무림은 이제 한 치 앞도 내다볼 수 없는 복마전 속으로 빠져들었다.

과연 어떻게 될 것인가?

중원 무림은?

혹지 비사천문은?

파천대성은?

그리고…… 무당파는?

지금으로서는 아무것도 판단할 수 없다.

무당파 역시 소림과 마찬가지로 세상으로 나가야 할 때를 기다리고 있었던 것이건만 당장은 아무것도 보이지 않는다. 그러니 어떠한 결정도 내릴 수가 없다.

역시 만나 봐야 했다.

직접 만나서 확인해야 했다.

그리하면 무당파가 있어야 할 자리를 알 수 있을 것이다.

그리하면 무당파가 나아가야 할 길이 보다 명확해질 것이다.

무당 장문인 해천이 무당산을 나선 것은 소림 방장 공효가 숭산을 내려온 그 다음 날의 일이었다.

그로 인해 세상이 또 한 번 들끓었다.

소림 방장 공효에 무당 장문인 해천, 거기에 더불어 화산 장문인 단학영마저 파천대성을 만나기 위해 남녕으로 향하고 있다는 소문이 강호를 진동시킨 것이다.

그럴 만도 했다.

파천대성이란 이름에 구대문파의 수장들이 움직였다는 것, 그것은 곧 구대문파마저 파천대성을 인정했다는 의미였다.

구대문파가 파천대성을 인정했다.

사람들은 그것을 곧 현천문에 대한 공증으로 받아들였다.

도문이 멸문지화를 당하고 비어 버린 그 한 자리에 대한, 현천문의 무림사세 등극에 대한 구대문파의 공증인 것이다.

말하기 좋아하는 호사가들의 입에서 입으로만 떠돌던 공공연한 이야기가 마침내 공론화되어 당당한 시대의 흐름으로 탈바꿈하고 있는 것이다.

그랬다.

그것은 시대의 흐름이었다.

시대의 흐름은 새로운 질서를 원하고 있었다. 그리고 모릅지기 그 중심에 파천대성이 있었다.

*　*　*

"그 꼬맹이가 말이야, 이젠 나와 어깨를 나란히 할 만큼 컸다 이거지?"

금천우가 실로 유쾌히 웃었다.

바람에 실려 날아온 천풍에 대한 풍문이 금천우의 귀에도 닿은 것이다.

"문주님과 어깨를 나란히 하는 정도가 아닙니다. 이제는 문주님이 올려다봐야 하는 상대입니다. 심지어 강남 무림의 패권은 검문이 아니라 현천문에 있다고까지 하지 않습니까?"

"뭐, 그런 소릴 들어도 어쩔 수 없지. 중원 무림은 흑지와의 전쟁으로 아주 난리법석인데 검문은 후계니 뭐니 집안싸움이나 하고 앉았으니 누군들 검문을 인정할까."

"그 집안싸움을 부추긴 건 문주님이십니다만……."

"그러니까 그 꼬맹이가 감히 버르장머리 없이 기어오르는데도 찍소리 않고 있는 거잖아. 그래도 말이야, 파천대성은 너무하지 않아?"

다 묵인하고 넘어갈 수 있어도 그것만큼은 용납하기가

어려웠다.

"물론 뜻이야 다르다지만 그런 애송이에게 어떻게 감히 내 사부님의 함자를 붙일 수가 있느냔 말이지."

검황(劍皇) 파천(破天).

검문의 전대 문주이자 금천우의 스승이다.

"아무리 세상인심이 각박하게 돌아간다 해도, 사부님이 돌아가신 지 얼마나 되었다고 벌써 그 이름을 붙이냔 말이야."

이제 파천이라 하면 사람들은 검황이 아니라 천풍을 떠올리게 될 것이다.

만일 검황이 생존해 있었다면, 흑지와의 싸움에서 제아무리 대단한 신위를 보였다고 해도 결코 그런 별호를 가져다 붙이지는 못했을 것이다.

금천우가 불쾌해하는 것도 그 때문이다.

"죽은 자의 이름을 기억하기에는 흑지 비사천문의 그림자가 너무 크게 드리워져 산 자들의 지금이 너무 치열한 때문이겠지요."

또한 그림자가 큰 만큼 빛의 존재는 더욱 간절하기 마련이다. 그 간절함이 온통 천풍을 향하고 있었다. 그러니 검황 파천이 아무리 일세의 거성이라 해도, 산 자들의 마음에 죽은 자의 이름이 비집고 들어갈 틈은 없었던 것이다.

"그게 아니더라도, 이미 보여준 능력만으로도 사람들의 기억에서 검황 파천의 이름을 지우기에 충분한 것이기도 합니다만……."

백연의 말대로였다.

"그날 죽은 자가 사천이라고 했던가?"

"그렇습니다."

현천문을 제외하고 흑지 비사천문에서만 사천이었다.

그들 대부분이 천풍의 손에 죽었다.

"일만을 패퇴시키고 그중 사천을 죽였다라…… 더구나 그 하나하나가 능히 절정의 반열에 올랐다고 알려진 흑지 비사천문의 고수들을 상대로……."

생전의 검황 파천이라 해도 불가능한 일임에는 분명했다.

"어떻게 된 것 같아?"

어떻게 그 말도 안 되는 일을 천풍이 해낼 수가 있었을까?

천풍이 과연 그만한 힘을 가지고 있다는 말인가?

"결국…… 결의 무예라는 건가?"

지난날 천풍을 만났을 때 보았던 결의 무예라면 그 불가능하게만 여겨지는 일이 가능했을지도 모른다. 하지만,

"결의 무예는 아닙니다."

흑지의 적도 일만을 패퇴시킨 것은 결의 무예가 아니었다.

"피도, 시체도 그대로 남아 있었다고 들었습니다."

지난날 호북에서 본 결의 무예는 피도, 시체도, 그 흔적마저도 완전히 지워버렸었다. 그러니 이번에는 결의 무예가 아닐 것이다.

"결의 무예가 아니다……."

그럼 대체 무슨 수를 썼단 말인가?

"결의 무예 말고도 다른 것이 또 있었다는 건가?"

기가 막힐 일이다.

결의 무예만 해도 놀랍다 못해 충격적이기까지 했었는데 그것 말고도 일만의 고수를 패퇴시킬만한 신기막측한 무공을 또 가지고 있었다니?

"도대체가 어떻게 되어 처먹은 녀석인지……."

이제 불과 약관이 넘은 나이다.

시간의 가치란 것이 사람마다, 재능마다 다르기 마련이라지만 대체 어떤 시간을 보내기에 그처럼 하루가 다르게 변하는 것일까?

"게다가 결의 무예가 아니었다고 하면 사천의 목숨을 말 그대로 복날 개 패듯이 패서 때려죽였다는 건데…… 그 순해빠진 얼굴로? 자넨 그게 상상이 돼?"

과연 지난번처럼 악귀의 모습일지, 아니면 사람들이 떠들어대는 것처럼 불세출의 영웅의 모습일지 이젠 그마저도 짐작이 되지 않는다.

“적어도 흑지 비사천문의 눈에는 사신의 모습이었을 겁니다.”

“어디 사신 정도겠어? 염라대왕도 그보다 무섭지는 않았을걸? 그래, 그놈들은 어떻게 하고 있어? 머리에 불이라도 붙은 것처럼 호들갑들 떨지 않아?”

“아닙니다. 별다른 움직임이 없습니다.”

“그래? 하긴, 이 정도에 겁먹을 놈들이었다면 애당초 옥문관을 넘어 중원 무림에 칼을 들이밀지도 않았겠지.”

“더구나 믿을 만한 뒷배도 있으니까요.”

“도제, 그 늙은 여우를 말하는 거야?”

백연이 무겁게 고개를 끄덕였다.

그의 말대로였다.

도제라면 파천대성이 불러일으킨 바람을 능히 잠재울 수 있을 것이다. 그것만큼은 금천우도 부정하지 않았다.

그러나 그들의 생각과는 달리 정작 도제 백무강 본인은 거기에 대해 그다지 긍정적이지 못했다.

“본진을 물리지 않겠다고?”

도제의 반문에 아극소가 입가에 미소를 그리며 고개를 끄덕였다. 그의 모습에선 상황에 어울리지 않는 여유마저 보였다.

도제가 다시 물었다.

"지금이라도 무림맹이 기세를 몰아서 그 아이와 함께 공격해 오면 이곳 사천성(四川省) 정도는 단번에 잃게 될 텐데도?"

"그럴 일은 없습니다."

"일만 명으로도 당해내지 못한 아이다. 너무 만만히 보는 것이 아니냐?"

"만만히 본다고요? 제가?"

돌연 아극소의 눈빛이 변했다. 입가에는 여전히 미소가 걸려 있었지만 보다 짙어진 미소가 오히려 조금 전의 여유를 묻어버렸다.

아극소가 자신의 오른손을 들어 보였다.

"이게 보이십니까?"

그 손은 마치 사시나무 떨듯 떨고 있었다.

떨림을 멈추고자 왼손으로 손목을 움켜쥐었는데도 조금도 진정이 되지 않았다.

"그날 이후로 줄곧 이런 상태입니다."

천풍이 흑지의 일만 고수를 도륙했던 용궐에 그도 있었

다.

흑지의 일만 고수들을 이끌고 남녕을 공격한 것도 그였다.

그러나 그가 원한 것은 무림맹과의 전쟁이 아니었다.

남녕을 빼앗겠다는 생각 또한 없었다.

그 순간 그의 관심사는 오직 천풍뿐이었다.

전날 보았던 천극신공의 한 수가 도무지 머릿속에서 떠나지 않았기 때문이었다.

제대로 먹지도, 자지도 못했다. 천풍을 만나 다시 한 번 그 한 수를 보지 않고서는 도무지 견딜 수가 없었다.

하지만 잔매는 통하지 않았다. 어쩐 일인지 아무리 공격을 거듭해도 두더지 굴에 숨은 두더지마냥 도통 얼굴을 볼 수가 없었다. 그것은 현천문 또한 마찬가지였다.

그래서 흑지의 일만 고수를 모았다. 그것만이 천풍을 두더지 굴 밖으로 끌어낼 수 있는 유일한 방법이라 생각했다.

그리해 마침내 용궐에서 현천문과 조우했다. 뒤이어 달려온 천풍도 보았다.

반가웠다. 그리고 궁금했다.

그날 그가 보았던 한 수가 과연 어떻게 변해 있을지, 그동안 얼마나 많은 걸음을 걸어 두었는지, 또한 그것이 자신을 얼마나 더 흥분케 할는지…….

하지만 그러한 궁금증도 잠깐이었다.

천풍이 전장으로 뛰어든 그 순간, 헤아릴 수 없이 많은 걸음을 걸어버린 그 모습이 자신에겐 결코 반가움이 아니란 것을 깨달았다.

천풍과 전장에서 만나고 싶다는 생각에 마련한 자리였건만 원하던 때에 원하던 장소에서 천풍을 만났는데도 정작 그는 그 앞으로 나설 수가 없었다.

그날 그가 천풍을 보며 느낀 것은 믿기지 않게도 공포였다.

그리고 그날 이후로 오른손의 떨림이 멈추지 않는다.

"중원 무림이 파천대성이니 뭐니 하며 떠받들고 있어도 말입니다. 저만큼 그를 높이 평가하는 자는 아마도 없을 것입니다."

그랬다.

천하를 눈 아래로 두고 있던 그였다. 그 오만함이 지나쳐 중원 무림을 향해 칼을 겨누는 것마저 서슴지 않은 그였다. 그런 아극소가 바로 눈앞에 천풍을 두고도 걸음을 돌렸다. 그에게 있어 천풍의 존재는 중원 무림 전부보다도 더 크고 무서운 것이었다.

"그리도 그 아이를 높이 보면서 어찌하여 본진을 물리지 않겠다는 것이냐?"

"그야 대군을 믿기 때문입니다."

"나를 믿는다?"

"제가 그를 아무리 높이 본다 하여도 대군보다 높이 보지는 않습니다. 무림맹이 설혹 그를 앞세운다고 해도 대군이라면 능히 그의 손발을 묶을 수 있을 텐데 제가 뭐가 걱정이겠습니까?"

"그러니 이제 나를 쓰겠다?"

"대군이 필요하게 되었으니까요. 마냥 뒷짐 지고 구경만 하는 것도 따분하실 테고요. 게다가 피라면…… 이미 충분히 보았지 않습니까? 약조한 대로 저는 대군께 충분한 피를 보여드렸으니 이제 대군께서 저를 위해 칼을 들어주셔야 하지 않겠습니까?"

아극소의 말에 도제 백무강이 수긍을 한다는 듯 고개를 주억거렸다.

"그래. 그게 너와의 약조였지. 너라면, 네 부탁이라면 칼을 드는 거야 얼마든지 할 수 있다. 네가 보여준 피가 내게는 그리 충분하지는 않았지만 말이다. 그러나 내가 네 기대에 부응할 수 있을지는 장담할 수 없구나. 어쩌면 너야말로 나를 너무 높이 보고 있는 것일 수도 있다."

백무강답지 않은 겸손의 말이었다.

아극소는 그 이유를 알고 있었다.

"현천 그자의 말이 대군께는 그리도 무거운 것입니까?"

현천이 던져주고 간 말,

'그 아이와 싸우게 된다면 부서지는 것은 천풍 그 아이가 아니라 자네가 될 거라는 말이네.'

먹이사슬에 빗대어 한 현천의 그 말이 지금 백무강의 겸손의 이유였다.

"허튼소리를 하실 분이 아니다."

"그러나 중요한 것은 대군의 생각이 아닙니까? 대군께서도 정말 그리 생각하십니까?"

"너를 놀라게 한 것이 결의 무예가 아니라고 했을 때 어쩌면 그분의 말씀이 맞을지도 모른다, 그리 생각을 한 적도 있었다. 물론 잠깐이지만 말이다. 하나, 납득이 안 되더구나. 수백 번 수천 번을 재고 따져보아도 내가 부서질 이유는 단 하나도 없으니까."

"그러니까 말입니다. 대군께서 능히 그를 상대할 수 있는데 제가 왜 피하겠습니까? 무엇보다 지금은 물러설 때가 아닙니다. 한 번 기세를 잃으면 그때야말로 흑지는 다시 사막으로 돌아가야 합니다. 그만큼 사기충천해 있는 중원 무림의 기세가 무섭습니다."

"그래서?"

"그 기세가 더 사나워지기 전에 눌러줘야지요."

"어떻게?"

"전날 천풍 그자를 만나러 호북성에 갔을 때 말입니다. 그때 저를 수행했던 비신대는 아직 복귀를 하지 않았습니다."

비신대는 의혈단을 몰살시키기 위해 데려갔던 흑지의 이천 정예였다.

"호북성에 그대로 남겨뒀다는 말이냐?"

"무림맹의 철저한 경계망을 뚫고 이천이나 되는 인원을 힘들게 거기까지 옮겼는데 아무 소득도 없이 그대로 다시 복귀시키기에는 너무 아깝지 않습니까? 그래서 남겨뒀습니다. 물론 이렇게 요긴하게 써먹게 될 줄은 저도 미처 예상치 못했습니다만…… 아마도 지금쯤이면……."

아극소의 입가에 생각만으로도 재미나서 참을 수 없다는 듯 유쾌한 웃음이 걸렸다.

"아마도 지금쯤이면 한창 잔치 분위기에 젖어 있을 무림맹의 발밑이 제법 뜨거워졌을 겁니다. 흐흐흐흐."

제2장

천풍, 결심하다

천극의 서

낙일검(落日劍) 정소추(鄭紹鄒)는 무림맹 천문(天門) 지부의 지부장이었다. 천문 지부는 규모 면에서나 개개인의 실력 면에서나 중경 일대의 지부들에 비할 바가 아니었지만, 그럼에도 정소추는 자신이 천문의 지부를 맡고 있는 것에 대해 상당한 자부심을 가지고 있었다.

천문 지부는 무한의 무림맹 총단과 가장 가까이에 있었다.

'천문이 무너지면 무림맹도 무너진다.'

비록 중경의 최전선은 아니지만, 가히 무림맹 최후의 보루라 할 만했다.

물론 어디까지나 위치적인 면에서 그렇다는 것이지 천문이 실제 무림맹에서 그처럼 중히 여겨지는 곳은 아니었다. 만에 하나 중경이 무너졌을 시 대피할 수 있는 최소한의 시간을 벌기 위한 사석(死石), 딱 그 정도의 가치가 전부였다.

그러하기에 지부장이라는 막중한 자리에 단지 호북성의 토박이라는 이유로 구대문파가 아닌 당양 정씨검가(當陽鄭氏劍家)의 가주 정소추를 임명한 것이다.

정소추도 무림맹이 천문을 어떻게 생각하는지 정도는 알고 있었다. 자신의 위치도 잘 알고 있었다. 그럼에도 좋았다.

당양 정씨세가가 소위 명문으로 불리기는 하지만 기껏 호북칠패 중에서도 말석이나 겨우 차지하고 있는 실정이었다. 그런 당양 정씨세가에 무림맹의 지부장 자리가 맡겨졌다. 호북칠패의 수좌인 의창목가조차 감히 꿈도 꿔보지 못할 대단한 감투를 자신이 쓰게 된 것이다.

그야말로 가문의 영광이었다.

설혹 차후에 버려지는 돌이 될지라도 그조차 그에겐 광영이었고 자랑이었다.

정소추는 정말이지 자신의 소임에 충실했다.

위치가 위치인 만큼 그가 천문을 맡은 후 단 한 차례의 전투도 없었지만, 자신의 맡은 바 직분을 단 한 순간도 게

을리한 적이 없었다. 심지어 굳이 자신이 하지 않아도 될 야간 순찰마저 하루도 빼먹지 않았다.

그것은 요즘도 마찬가지였다.

전 무림이 파천대성의 등장으로 잔칫집처럼 들떠 있는 와중에도 천문만큼은 그런 분위기에서 열외였다. 이제 곧 흑지를 몰아내고 전쟁을 끝낼 수 있을 것이란 기대로 천문 지부도 자칫 들뜰 수 있었지만, 그 즉시 금주령을 내려 흐트러지려는 수하들을 엄히 단속했다.

그 덕분이었다. 정소추의 철저한 방비가 없었더라면 짙은 구름에 달마저 가려 한 치 앞도 볼 수 없는 어둠 속에서 그 어둠보다 더 은밀하게 움직이는 적들을 발견하진 못했을 것이다.

정소추는 저 멀리서 보이는 은밀한 움직임들을 면밀히 관찰하고 있었다.

그 수는 대략 이천, 척 보기에도 예사롭지 않은 자들은 그 복색만으로도 흑지의 적도들임을 알 수 있었다.

'대체 어떻게 이곳까지 올 수 있었지?'

이천이면 대군이라고 할 수는 없어도 결코 적은 수는 아니었다. 저 많은 인원이 무림맹의 거점인 호북성까지 넘어왔다는 것이 소름 돋도록 섬뜩했다.

'그나저나…… 이제 어쩐다?'

이미 총단에 보고는 올렸다. 하지만 그 보고가 총단에 닿을 때쯤이면 이미 적도들의 칼날이 천문 지부를 휘젓고 있을 터였다.

결국 미룰 수도, 피할 수도 없는 일이었다.

싸워야 했다.

그나마 다행인 것은 먼저 적도들의 기습을 알아차렸다는 점이다.

기습이란 것이 늘 그렇듯, 그 성패 여부를 가름하는 것은 상대에게 기습을 들키느냐 들키지 않느냐였다. 적의 기습을 먼저 알아차렸다는 것은 그 자체로 승기를 잡았다 할 수 있었다.

그때, 따로 명을 하달해 두었던 수하가 달려왔다.

"어떻게 되었느냐?"

"당장 모을 수 있는 인원은 사천이 조금 안 됩니다."

"그중 궁수는?"

"궁술을 조금이라도 할 줄 아는 자는 오백입니다."

"군사 사천에 궁수 오백이라……."

흑지의 고수 이천을 상대하기에는 턱없이 부족해 보인다. 그럼에도 희망이 있는 것은 역시 상대의 기습을 미리 알고 있다는 것이었다.

"혹시 지부원들 중에 독문 출신이 있더냐?"

"예. 모산파(茅山派) 출신이 십여 명 있는 걸로 알고 있습니다."

"허면 암기술도 제법일 터, 그들을 궁수와 같이 배치하고 활촉과 암기에 독을 발라두도록 이르거라. 최대한 치명적일수록 좋다."

이로써 적을 맞을 준비는 마쳤다.

적들이 지부 안으로 기습을 감행해 온다면 지부의 건물은 그들을 잡는 커다란 덫이 될 것이다. 자신들을 향해 쏟아지는 독화살과 독암기를 보고서야 적도들은 그것이 함정임을 알게 될 것이다.

준비를 마치고 나니 새삼 긴장감이 엄습했다. 그런 한편으로 설레기도 한다.

승리에 대한 확신 때문이다.

이길 수 있다. 아니, 반드시 이길 것이다.

흑지가 강하다고 해도 이런 완벽한 함정까지도 파훼할 만큼 그들의 무력이 절대적인 것은 아니다. 만일 그들의 무력이 그만큼 절대적이었다면 파천대성 하나한테 일만이 패퇴당하는 일도 없었을 것이다.

'천문의 지부장이 된 것만으로도 영광이었던 내게 하늘이 큰 공을 세울 기회마저 주고 있음이야!'

지금 이 순간만큼은 세상의 모든 행운이 자신에게로 향하고 있는 듯한 기분마저 들었다.

그러나 안타깝게도 그에겐 그 행운을 잡을 능력이 없었다.

모든 것이 정소추의 생각대로 진행되고 있었다.

기습이 들통 났다는 사실을 전혀 눈치채지 못한 흑지의 무리는 말 잘 듣는 어린 양처럼 그가 쳐 놓은 덫 안으로 고분고분 들어왔고 독화살과 독암기가 야공을 가득 수놓을 때까지도 그것이 덫임을 깨닫지 못했다.

그리해 마침내 그들을 완벽하게 포착했다 싶은 순간,

"쏴라! 한 놈도 살려두지 마라!"

흑지의 비신대를 향해 그 즉시 준비된 공격이 퍼부어졌다.

"뭐, 뭐야?"

"역습이다! 흩어져라!"

아니나 다를까, 야공을 수놓는 독화살과 독암기에 심히 당황한 모습을 보이는 비신대다.

'됐다!'

당황해 하는 비신대를 보며 승리에 대한 확신을 가졌다. 이제는 그야말로 독안에 든 쥐를 어떻게 요리하느냐만 남았다.

'흐흐흐흐…….'

웃음이 절로 났다.

오늘의 전공이 세상에 알려지면 자신의 이름 석 자도 파천대성마냥 크게 불려질지도 모른다 생각하니 벌써부터 어깨가 우쭐해졌다.

'오늘부로 호북칠패의 수좌는 우리 당양 정씨검가가 되는 것이다!'

정말이지 한바탕 대소라도 터트리고 싶은 마음이었다.

하지만 안타깝게도 정소추의 희망찬 미래는 그저 한 순간의 꿈에 지나지 않았다.

처음으로 맡게 된 전장에서의 승리로 흠뻑 도취된 그 순간, 이제 덫에 걸린 적에게 자비 없이 응징의 철퇴만 날리면 되는 그 순간, 그의 얼굴에선 웃음기가 싹 사라져버렸다.

예기치 못한 역습에 대한 당황도 잠시, 흑지의 적도들이 일사불란하게 움직이며 야공을 가득 수놓고 있는 독화살을 너무도 간단히 쳐내버리는 것이다.

"이게……!"

그제야 알았다.

완벽했다고 생각한 계획에 단 하나 잘못 계산한 것이 있음을.

파천대성에게 일만이 패퇴를 당했다지만 그럼에도 그들의 무력은 절대적이라는 것이다.

적어도 천문 지부를 상대로는 그랬다.

그 절대적인 무력 앞에 그가 쳐놓은 덫은 터무니없이 약했다.

압도적인 힘의 차이 앞에 그것은 실로 무용지물에 불과했다. 화살도, 암기도, 독도 그들에게 이르면 여지없이 물거품이 되고 만다. 기습을 먼저 알아차린 것의 유리함 따위는 흑지의 이천 고수들에겐 털끝만큼도 영향을 미치지 못했다.

첫 번째 활과 암기 공격을 너무도 간단히 파훼해버린 적도들이 두 번째 활이 미처 시위에 걸리기도 전에 지붕 위 궁수들을 향해 몸을 날렸다.

서걱.

"크악!"

첫 번째 비명, 그리고 도륙이었다.

오백의 궁수가 삽시간에 몰살을 당했다. 그것으로도 모자라 그 밑에 대기하고 있던 천문 지부의 삼천오백 군사들마저도 적도들의 칼에 여지없이 피를 토하고 있었다.

어찌해 볼 새도 없었다.

너무나도 일방적이고 압도적인 힘의 차이 앞에 천문 지

부의 군사들에겐 도망조차 허락되지 않았다. 그것은 정소추 또한 마찬가지였다.

얼어붙어 버렸다. 그렇게 얼어붙은 채 수하들의 마지막 단말마를 그저 하염없이 지켜보았다. 그리고 그 속에서 흑지의 인물 하나가 그에게 다가왔다.

"그대가 이곳의 책임자인가?"

정소추는 그것이 저승사자의 목소리라는 것을 본능적으로 알았다.

가슴이 절망으로 쿵 내려앉는 듯한 느낌이었다. 하지만 부질없는 발악일지라도 당당함은 잃지 않았다.

"그렇다! 나는 무림맹 천문 지부 지부장 낙일검 정소추다!"

주저 없이 검을 뽑았다.

그런 정소추의 모습에 흑지의 인물도 한 차례 고개를 끄덕인 후 자신을 소개했다.

"나는 흑지 비사천문 비신대 대주 벽우라 하네."

굳이 자신을 밝힐 필요는 없는 일이었다.

아마도 천문 지부의 책임자에 대한 나름의 배려이자 예의인 모양이었다.

"준비는 되었는가?"

"준비?"

싸울 준비를 말하는 것인지 죽을 준비를 말하는 것인지는 확실치 않았다. 그러나 어느 쪽이든 상관없었다.

"되었다고 해두지."

어차피 싸워야 하고 싸우면 죽게 될 터였다.

당양 정씨검가의 가주로서 부끄럽지 않게 싸울 것이다.

무림맹 천문 지부의 지부장으로서 명예롭게 죽을 것이다.

그 각오 외에 달리 무슨 준비가 더 필요하랴.

정소추는 뽑아든 검을 들어 올려 비신대 대주 벽우에게 겨눴다. 그리고 일평생 갈고닦은 당양 정씨검가의 독문절기를 그 검 끝에 담았다.

"구궁반천검(九宮反天劍) 제일 식 구천망혼(九泉亡魂)!"

*　*　*

'흑지 비사천문의 이천 결사대가 무림맹 총단의 코앞까지 쳐들어와 천문 지부를 몰살시켰다.'

남녕에서의 쾌거가 있고 얼마 지나지 않아 들려온 소식이었다.

중원 무림은 벌집을 쑤셔놓은 것마냥 난리가 났다.

그도 그럴 것이 용담호혈이라 할 수 있는 호북성에 몰래 숨어들어와 무림맹 코앞에서 보란 듯이 천문 지부를 몰살시킨 그들이다. 더구나 이번이 처음도 아니다. 앞서 도문이라는 선례가 있다. 그건 곧 흑지 비사천문이 마음먹기에 따라서 어느 문파도 안전할 수가 없다는 뜻이었다.

그야말로 가슴 철렁한 일이 아닐 수 없었다. 잔치 분위기가 되어 뜨겁게 달아올랐던 중원 무림이 한순간에 싸늘하게 얼어붙었다.

그러나 공포는 그리 오래가지 않았다. 공포는 금세 사라지고 대신 그 자리에 분노가 들어찼다.

'흑지를 죽이자!'

'지금 즉시 놈들의 본진을 쳐서 중원 무림의 뜨거운 맛을 보여주자!'

단지 천문 지부가 흘린 피에 대한 복수심 때문이 아니었다. 사람들의 살심을 부추긴 것은 먼저 치지 않으면 오히려 당할지도 모른다는 불안이었다.

이윽고 무림인들의 눈이 무림맹으로 향했다.

참고 기다릴 때는 지났다.

더는 미적댈 수 없다.

이제는 무림맹이 결단을 내려주어야 한다.

하지만 무림인들의 그 같은 갈망과 독촉에도 정작 무림맹은 어떠한 결정도 쉽게 내리지 못하고 있었다.

"사제, 어찌해야 좋겠는가?"

무림맹주 탁종도가 홍유를 보며 그렇게 물었다.

홍유의 얼굴에는 곤란해하는 기색이 역력했다.

정말이지 작금의 사태를 어떻게 풀어야 할지 갈피를 잡을 수가 없다.

천문 지부의 참화를 가장 절절하게 느끼는 것은 다른 누구도 아닌 무림맹이었다. 누구보다도 분노했고 누구보다도 두려워했다. 그러하기에 흑지 비사천문에 대한 살의 또한 어느 누구보다도 강했다.

마음만 같았다면 당장에라도 달려가 모조리 도륙을 내버렸을 것이다. 지금 무림맹의 기세라면 설혹 도제 백무강이 뒤에 버티고 있더라도 능히 그럴 수 있는 힘이 있었다.

하지만 내키는 대로만 할 수는 없는 것이 지금 탁종도와 홍유의 처지였다.

문제는 형산파의 입지였다.

파천대성이란 이름이 이미 무림맹보다 위에 있었다. 소림과 무당, 화산의 장문인들마저 파천대성을 만나기 위해 친히 남녕으로 달려가고 있었다. 심지어 무림맹 내에서조차 파천대성 없이는 흑지와의 전쟁이 불가능하다는 소리가 공공연히 나돌고 있을 정도였다.

어디 그뿐이랴, 흑지와의 전쟁에 종지부를 찍어야 한다는 무림인들의 갈망, 그 바탕에 있는 것 또한 결국 파천대성에 대한 믿음이었다.

그만큼 중원 무림에 있어 파천대성이란 존재는 절대적이 되어 있었다. 이런 상황에서 파천대성의 힘을 빌려 흑지를 몰아낸다면 그 공적을 파천대성이 전부 다 차지해버릴 것은 불을 보듯 뻔한 일이었다.

무림맹도, 형산파도 모두 파천대성의 이름 아래 묻힐 것이다. 그로써 무림맹의 존재 이유마저 의심을 받게 될지도 모른다.

그것만큼은 용납할 수 없었다.

그러나!

'무림맹이 이를 용납 못 한다고 하면 오히려 세상이 무림맹을 용납하지 않을 테지.'

탁종도와 홍유의 고민이 바로 거기에 있었다.

애초에 현천문을 남녕으로 보내지 말았어야 했다. 아니, 도진과 해명의 조언을 새겨듣지 않고 천풍을 무시해버렸던 것부터가 잘못이었다.

천풍의 힘을 제대로 파악했어야 했다. 그랬다면 그 힘이 무림맹과 형산파를 위해 다르게 쓰였을 것이고, 또한 그랬다면 무림맹과 형산파의 입지가 이처럼 위태로워지지도 않았을 것이다.

돌이킬 수 없는 실수였다.

천풍을 무시했던 것도, 그리해 그를 남녕으로 보낸 것도.

하지만 그렇다고 그저 부질없는 후회만 하고 있을 수는 없었다.

"무림맹으로서는 달리 선택할 수 있는 것이 없습니다."

"허면 흑지에 대한 전면전을 선포하라는 말인가?"

"예. 그것은 이미 거부할 수 없는 대세입니다만……."

"다만?"

"정국의 주도권만큼은 우리가 쥐고 있어야 합니다."

"대체 어떻게 말인가?"

홍유의 말을 이해 못 하겠다는 듯 탁종도가 미간을 찌푸렸다.

"이미 세상의 관심이 모두 파천대성에게 쏠려 있는데 무슨 수로 그자에게서 정국의 주도권을 빼앗아 온다는 말인가?"

"먼저 파천대성을 총단으로 불러들이셔야 합니다. 그리해 무림맹 위의 파천대성이 아니라 무림맹 안의 파천대성임을 분명히 해야 합니다."

"단지 무림맹으로 불러들인다고 해서 과연 세상 사람들이 그렇게 생각해줄까?"

"물론 그렇지는 않습니다. 허니 세상에 보여 주어야지요."

"그러니까 어떻게 말인가?"

여전히 미심쩍어하는 탁종도를 향해 홍유가 한 자 한 자 힘주어 대답했다.

"무림대회를 여는 것입니다!"

탁종도의 미간이 더욱 찌푸려졌다.

"무림대회?"

"흑지에 대한 총공세를 세상에 알리고 중원 무림의 공론을 모은다는 취지이긴 합니다만, 무엇보다 가장 큰 의미는 무림맹의 창단식입니다."

도대체가 들으면 들을수록 홍유의 속내를 알 수가 없다.

"무림맹을 창단한 것이 언제인데 이제 와 새삼 창단식을 한다는 말인가?"

"너무 급하게 만들어진 무림맹입니다. 그러다 보니 제대로 된 창단식도 없었습니다. 이참에 무림대회를 열어 창단식을 거행함으로써 무림맹의 입지를 보다 확고히 할 필요가 있습니다. 그 자리에서 무림맹의 이름으로 파천대성의 공로를 치하하면 파천대성도, 파천대성이 이룬 공로도 무림맹의 이름 아래에 둘 수가 있습니다. 다시 말해 그 모든 것이 맹주님의 뜻에 따라 행해진 일이 된다는 말씀입니다.

그다음에 흑지에 대한 전면전을 선포하면 정국의 주도권을 쥐는 것은 마땅히 무림맹이 되지 않겠습니까?"

홍유가 의미심장한 눈빛을 건네 오자 그제야 홍유의 뜻을 알아차린 탁종도가 무릎을 쳤다.

"허!"

그야말로 묘수였다.

홍유의 말대로 하면 단번에 상황을 역전시킬 수 있다.

무림맹의 입지를 단단히 함은 물론이고 잘만 풀리면 파천대성이라는 주인 없는 보검까지 얻을 수 있을지도 모른다.

"역시 사제야말로 형산의 보물이라 했던 스승님의 말씀이 틀리지 않았음이야!"

사제들 중에 가장 영민한 것이 홍유였다. 그래서 무림맹의 총관으로 그를 임명한 것인데, 아니나 다를까 가장 필요할 때 가장 시의적절한 해결책을 제시해 준다.

"하지만 서둘러야 합니다."

"그건 왜?"

"소림 방장 공효와 무당 장문 해천, 화산 장문 단학영까지 파천대성을 만나기 위해 남녕으로 향하고 있습니다. 그들을 만나게 해서 좋을 것이 없습니다. 혹여 이번 만남을 통해 파천대성이 그들의 비호라도 받게 된다면 그를 우리

뜻대로 움직이기가 그만큼 힘들어집니다. 그러니 이왕 불러 들이기로 한 거라면 최대한 빠를수록 좋습니다."

홍유의 말은 지극히 옳았다. 하지만 문제가 하나 있었다.

"만에 하나 파천대성이 우리의 부름을 거절한다면?"

남녕에서 있었던 상황이야 보고를 통해 상세히 전해 들었다. 무림에 알려진 사실과는 달리 현천문이 살신성인한 게 아니라 그저 현천문이 희생양으로 선택되었을 뿐이라는 것도 알고 있었다. 더구나 총단에 있을 때에도 그렇게 찬밥 대접을 하며 무시를 하지 않았던가?

좋은 감정일 리가 없다.

한껏 콧대가 오른 파천대성이 묵은 감정을 묻어두고 과연 무림맹의 뜻에 순순히 따라줄까?

"따르도록 만들어야지요."

"어떻게?"

"그야 위 사질의 몫이 아니겠습니까? 일이 이렇게까지 된 데에는 위 사질의 잘못도 적지 않으니 그 방법을 찾는 것 정도는 위 사질이 해야지요. 그 정도의 책임도 지지 못해서야 어찌 대형산파의 미래를 짊어질 수 있겠습니까?"

홍유의 말 속에는 위서량에 대한 질책의 감정이 다분했다. 지금껏 단 한 번도 탁종도 앞에서 그의 제자를 탓한 적이 없었다. 하지만 이번만큼은 도저히 감싸 주고픈 마음이 안 생겼다. 그만큼 위서량에 대한 실망과 원망이 컸다.

그건 탁종도 역시 별반 다르지 않았다.

애당초 서림 지부와 연계해서 미리 방비를 탄탄히 했다면 지금처럼 파천대성의 이름이 세상에 널리 알려지는 일도 없었을 것이 아닌가.

결국 위서량의 안일과 편협함이 이 모든 사태를 키웠다고 해도 틀린 말이 아니었다.

'재능만 귀히 여겨 그 아이를 너무 응석받이로 키운 게지.'

*　　*　　*

콰직—!

위서량이 신경질적으로 손에 든 서찰을 구겼다.

무림맹에서 온 서신이었다. 그리고 그 내용은 곧 무림대회를 열어 파천대성의 공로를 치하하고자 하니 파천대성을 무림맹으로 모셔 오라는 것이었다.

상당히 강압적인 글이었다. 자신에 대한 질책이 글에서 고스란히 전해져 왔다. 반대로 파천대성을 언급할 때는 그렇게 공손할 수가 없다. 그것이 그를 분노케 했다.

그러나 화는 잠깐이었다.

분노보다는 걱정이 더 컸다.

과연 천풍이 무림맹의 부름에 응해줄까?

자신의 말이 과연 그에게 들어 먹히기나 할까?

현천문을 사지로 내몬 장본인이다. 그 바람에 천오백 명의 현천문 문도들이 죽었다.

화가 나도 단단히 나 있을 게 분명했다.

더구나 지금까지 사과 한마디 하지 않았다. 아니, 사과를 할 수가 없었다. 도무지 그를 만날 용기가 나지 않았다.

단지 죄책감이나 미안함 때문이 아니었다.

다시 생각해 봐도 그것이 최선의 선택이었다.

사심이야 있었다고 해도 모두를 살리기 위한 최선의 결정이었다. 그러니 죄책감도, 미안함도 없다.

다만…… 무서웠다.

그랬다.

위서량은 천풍이 무서웠다.

그날 용궐에서의 모습은 도무지 사람의 것이 아니었다.

소문이란 것이 본시 보태어지고 과장되기 마련인 것처럼 파천대성에 대한 무성한 소문들도 그와 같았지만, 그날 용궐에서의 신위만큼은 보탬도 과장도 없었다.

천하절경은 그 어떤 시선(詩仙)의 필설로도 온전히 담아

내지 못하는 것처럼 그날의 천풍은 세상에 떠도는 말들이 오히려 부족할 지경으로 무시무시했다.

단언컨대 살아오면서 누군가에게 그렇게 압도당해 본 적이 없다. 누군가가 그렇게 거대해 보인 적도 없다.

그의 눈에 비친 천풍은 말 그대로 사신(死神)이었다. 그가 보여준 신위는 거스를 수도 피할 수도 없는 절대적인 무력이었다.

도무지 천풍과 마주할 용기가 나지 않았다.

죄책감도 미안함도 없다지만 그저 그와 얼굴을 맞댄다는 상상만으로도 오금이 다 저렸다. 그래서 지금까지 줄곧 피해왔던 것인데 지금 이렇게 무림맹에서 명이 내려온 것이다.

이제는 피할 수 없다.

아직 마음의 준비도 되지 않았건만 어쩔 수 없이 그와 마주해야 한다.

과연 어떤 얼굴을 하고 있을까?

어떤 표정으로 자신을 볼까?

또 어떤 말로 용궐에서의 일을 추궁해 올까?

'하아…….'

가슴에 천근만근 돌덩이를 얹은 것처럼 답답하기 이를 데 없었다.

"총단으로 돌아오라고요?"

힘들게 찾아와서 어렵게 꺼낸 위서량의 말에 천풍이 미간을 찌푸렸다.

그 작은 표정의 변화에도 움찔하는 위서량이다.

"그, 그것이…… 곧 무림대회를 열어 소 문주님의 공을 치하하겠다고……."

말은 더듬거리고 그 눈은 흘깃흘깃 천풍의 안색을 살피기에 여념이 없다. 예전의 그 오만방자하던 기세는 다 어디로 간 것일까? 그 비굴함이 이제는 차라리 불쌍하기까지 하다.

하지만 그런 위서량에게 연민을 가지기에는 천풍의 마음은 그리 여유롭지가 못했다.

"무림대회를 열어 공을 치하하겠다고요?"

목소리에 짜증이 물씬 묻어나온다.

아니, 그것은 짜증이 아니라 차라리 분노였다.

무림대회는 뭐고 공을 치하한다는 건 또 뭐란 말인가?

현천문 문도 천오백 명이 죽었다.

축하할 일이 아니었다.

천오백 명의 죽음을 애도하고 위로하는 것이 먼저여야 했다. 한데 죽은 자들의 이름을 알고자 하는 사람이 아무도 없었다. 파천대성이니 무림사세니 하며 떠들어대는 사람들조차 현천문의 희생은 추켜세우면서도 정작 죽은 천오백 명에 대해서는 아무도 관심을 갖지 않았다.

물론 그거야 그럴 수 있다. 크고 아름다운 것만 보려하지 그 뒤에 숨겨진 그림자에는 눈을 돌리지 않는 것이 본시 세상의 인심이니까.

하지만 무림맹이 그래서는 안 된다.

누구 때문에 남녕엘 온 것이며 누구 때문에 목숨을 던졌는가 말이다. 그들의 희생을 가장 먼저, 가장 크게 알아줘야 할 무림맹에서 거기에 대해선 일언반구도 없이 무림대회나 열겠다고 한다.

그는 이제 예전처럼 세상 물정 모르는 애송이가 아니었다. 지난날에는 아무것도 모른 채 염장에게 이용을 당했지만, 지금은 그때처럼 순진하지만은 않았다.

지금 이 시점에서 무림맹이 왜 갑자기 무림대회를 여는 것인지 그 이유야 뻔했다. 공을 치하한다는 명분으로 자신을 부르는 그 속내도 뻔했다. 염장이 천하사절의 이름을 이용하려 했던 것처럼 무림맹 또한 자신을, 파천대성이란 이름을 이용해 먹으려는 것이다.

무림맹뿐만이 아니다.

소림 방장 공효가 자신을 만나러 이곳 남녕으로 오고 있다는 소식을 혜광으로부터 들었다. 무당 장문인 해천과 화산 장문인 단학영의 소식도 각기 진현과 단화영으로부터 전해 들었다.

'네 녀석과의 자리를 만들어 달라는 이유야 뻔한 거 아니겠어? 작금의 무림에서 태풍의 핵으로 떠오른 파천대성을 먼저 선점하겠다는 거지. 명분과 실리 모든 면에서 정국을 이끌어 가기에 그것만큼 확실한 것이 없을 테니까.'

굳이 혜광의 말이 아니어도 충분히 짐작할 수 있는 일이었다.

결국 그들 역시도 천오백 명의 죽음에는 전혀 관심이 없는 것이다. 심지어 불교의 성지인 소림사조차도 말이다.

회의감이야 이루 말할 수 없이 컸다.

분하고 화가 나는 걸 넘어서 속이 다 메스꺼울 지경이다.

역겹고 추잡하다.

지금 천풍의 눈에 비친 무림은 그랬다. 그중에서도 단연 으뜸은 바로 눈앞의 위서량이다. 예전의 그 오만하고 건방지던 모습은 어디에 가고 한없이 비굴하기만 하다.

그 비굴함이 꼴 보기 싫었다.

차라리 당당하기라도 하다면 현천문을 사지로 내몬 그 결정이 어쩔 수 없는 일이었다, 체념이라도 했을 것이다. 하지만 위서량의 비굴한 낯짝을 보고 있자니 단화영의 말이 더욱 불쾌하게 심장을 파고든다.

'일부러 그런 거예요! 당신이 마음에 안 드니까 위서량 그 작자가 일부러 현천문을 사지로 내몬 거라고요!'

마음 같아서는 위서량의 면상에 주먹이라도 박아 넣고 싶었다. 그리하면 가슴에 박힌 불쾌한 응어리가 조금은 풀릴 것 같았다. 하지만 그럴 수 없었다. 위서량의 책임 이전에 자신에게도 잘못이 있었기 때문이다.

현천문 문주로서 맡은 바 직분을 소홀히 했다. 혜광, 진현과 어울려 보내는 시간이 너무 즐거워서 문도들을 전혀 돌보지 못했다. 현천문 문도들이 사지로 내몰린 그 시간에도 그는 친구들과 더불어 음주 가무에 빠져 있었다.

만일 현천문 문도들이 사지로 내몰린 그때 그가 그들과 함께 있었다면, 적어도 그 희생이 천오백 명에 이르지는 않았을 것이다.

통한의 후회와 죄책감이 이성마저 집어삼켰다. 그래서 그 마음에 살의가 일었고 그 손에 살기를 담았다. 그리고 무려 사천 명을 죽였다.

지금 생각해도 마치 한바탕 악몽이라도 꾼 것 같다.

손에 잡히던 죽음의 감촉도, 귓가를 울리던 산 자의 마지막 단말마의 비명도, 코끝을 스치던 역한 피 냄새도 아득하고 흐릿하기만 하다.

그날의 기억이 자신의 것이 아닌 것만 같았다. 실감이 나지 않았다. 실감을 하고 싶지도 않았다. 자신이 그런 어마어마한 짓을 저질렀다는 사실을 믿고 싶지도 않았다.

그저 잊고 싶었다. 그날의 일도, 그날의 기분도, 그날의 불쾌하고 섬뜩한 감각도.

한데, 그에겐 그렇게 잊어버리고만 싶은 기억이건만 무림맹은 무림대회까지 열어 공을 치하하겠다고 하고 있는 것이다.

"총단으로는 돌아가지 않을 것입니다."

천풍의 대답에 위서량이 당황한 기색으로 급히 말했다.

"그, 그건 안 될 말씀입니다. 당장 내일이라도 출발을 하셔야 겨우 무림대회 일정에 맞출 수 있을 것인데……."

위서량은 차마 더 말을 잇지 못했다.

그를 보는 천풍의 눈빛이 너무 무섭게 변했기 때문이다.

위서량은 그 눈빛을 감당할 수 없었다. 그것을 감당하기에는 그의 마음속에 천풍에 대한 두려움이 너무 크게 자리를 잡아버렸다.

눈빛 하나로 위서량의 입을 다물게 한 천풍이 말을 이었다.

"무림대회에도 가지 않습니다. 무림맹에서 무림대회를 여는 거야 제가 간섭할 바가 아니지만, 그 일이 저와 관계된 것이라면 정중히 사양하겠습니다. 그러니 무림맹에서도 무림대회가 저희 현천문과는 아무런 상관이 없음을 분명히 하셔야 할 것입니다."

듣기에 따라서는 상당히 강압적인 말투였다. 아무리 많이 위축되어 있는 위서량이라도 더는 듣고 있을 수가 없는지 한마디 따져 물었다.

"이, 이보시오. 소 문주. 소 문주도 엄연히 무림맹의 사람인데 지금 말씀이 너무 지나치신 것이 아니오?"

"저희 현천문은 그만 서호로 돌아가겠습니다."

너무 많은 피를 보았다.

그 손에 너무 많은 피를 묻혔다.

이젠 정말 신물이 났다.

죽고 죽이는 전쟁터에 더는 단 한순간도 있고 싶지가 않았다.

그저 제 잇속 챙기기에 바쁜 무림인들의 추잡한 모습도 더는 마주하고 싶지 않았다.

서호의 현천문으로 돌아갈 것이다. 현천문으로 돌아가서 흑지고 무림맹이고 간에 지저분한 무림사는 깡그리 다 잊어버릴 것이다.

"서호로 돌아가다니?"

천풍의 말에 위서량이 어이없어한다.

오랜 고전 끝에 간신히 잡은 승기였다. 전 무림이 천풍 하나를 믿고 희망에 부풀어 있었다. 한데, 그런 중요한 때에 그 모든 희망의 중심인 천풍이 난데없이 서호로 돌아간다니?

"허면 무림은, 무림맹은 어찌하고요?"

황당해하는 위서량에게 천풍이 한 자 한 자 힘주어 말했다.

"현 시간부로 저와 현천문은 무림맹을 탈맹하겠습니다!"

"……!"

무림맹 탈맹 선언.

순간 위서량은 쇠망치에 머리라도 한 대 얻어맞은 듯한 얼굴이었다.

그도 그럴 것이, 바로 앞에서 듣고 있는 위서량에게도, 천풍이 오기만을 손꼽아 기다리고 있는 무림맹에도, 그리고 파천대성의 등장에 한껏 들떠 있는 중원 무림에도 그 선언은 그야말로 청천벽력인 것이다.

제3장

이진하와 무림삼분계를 논하다

천풍은 무림맹 탈맹과 곧 서호로 돌아갈 거란 소식을 혜광과 진현에게 가장 먼저 알렸다.

"잘했어. 암! 잘 생각한 거야! 너란 녀석, 애당초 무림맹이 담을 수 있는 그릇이 아니었던 거야."

혜광이 천풍의 결정을 흔쾌히 지지했다.

신의로 맺은 우정이다. 천풍이 그날 이후로 얼마나 힘들어했는지 너무도 잘 알고 있었다. 천풍이 지금의 결정을 어떤 고심 끝에 내린 것인지도 잘 알고 있었다. 천풍만큼은 아닐지라도 그 역시 무림맹의 처사에 대해서는 신물이 나 있었다.

"하지만 곧 공효 방장님께서 나를 만나러 오실 거라 하지 않았나?"

천풍이 걱정스레 물었다.

혜광이 대수롭지 않다는 듯 손을 휘휘 내저었다.

"그 늙다리 영감탱이야 안 만나도 돼. 그렇잖아도 속셈이 너무 뻔해서 내 얼굴이 다 화끈거릴 지경이었으니까. 이 영감탱이 벌써 노망기가 있는 건지, 곰 같은 양반이 어울리지 않게 여우 같은 짓을 하려고 하고 말이야. 어차피 영 마음에 안 들었었는데 차라리 잘됐어."

혜광의 말에도 한 자락 무거운 마음을 놓지 못한 천풍이 진현의 눈치를 살폈다.

진현도 대수롭지 않다는 듯 어깨를 으쓱였다.

"나 역시도 썩 내키는 일은 아니었네. 사부님께는 잘 말씀을 드릴 테니 신경 쓰지 말게나. 다만 한 가지 아쉬운 것은 더는 자네와 어울려서 술을 마시지 못한다는 것이겠지."

사실 대작의 즐거움보다는 검무에 대한 아쉬움이 더 컸다. 그것은 혜광도 마찬가지였다.

천풍과 추는 한 바탕의 춤사위는 단지 한잔 술의 취기에서 이어지는 음주가무가 아니었다. 천풍과의 검무를 통해서 십 년이 지나도 보지 못했을 세계를 보았고 다시 십 년이 더 지나도 넘지 못했을 벽을 넘을 수 있었다. 그것은 다시는 경험하기 힘든 깨달음이었고 기연이었다. 한데, 이제는 그 경이롭고 충만한 시간을 그만 끝내야 하는 것이다. 그들의 아쉬움이야 어찌 이루 다 말할 수 있겠는가.

아쉬움이 큰 것은 천풍이라고 다를 것이 없었다.

그들과 추었던 검무는 천풍에게도 다시없는 경험이었다.

그들과의 검무를 통해서 기억 속에 묻어두었던, 그래서 잊고 있었던 세계를 다시금 볼 수 있었고 그 끝자락에 있는 무언가를 비로소 마주할 수 있었다. 그리해, 사는 동안의 목표가 생겼고 가야 할 길을 알게 되었다.

어쩌면, 얻은 것으로만 따지면 혜광이나 진현보다 더 많은 것을 얻었는지도 모른다.

"언젠가……."

언제가 될지는 모르지만 언젠가는 반드시 다시 셋이 모일 날이 있을 것이다.

"그래. 언젠가는 다시……."

그리고 그때는 지금까지보다도 더 신명나게 음주가무를 즐겨보리라.

* * *

"탈맹을 하시겠다고요? 그래서 당장 서호로 돌아가겠다

고요?”

단화영이 황당해한다.

천풍은 단화영에게도 따로 찾아가 탈맹의 뜻을 알렸다.

그간의 정도 정이지만 무엇보다 현천문을 위해 죽음까지 불사하며 용궐에 함께 남아준 그녀였다. 그로 인해 화산파 제자들도 상당수 목숨을 잃었다.

천풍에겐 실로 의외의 일이었다.

가깝게 지내기는 했지만 그렇다고 그렇게까지 할 만큼의 친분은 아니었다. 적어도 천풍은 그리 생각했었다. 한데, 그녀는 달랐던 모양이었다. 현천문을 위해 화산의 목숨을 아끼지 않았다.

그녀가 보여준 그 의리가 그래서 더 고마웠고 그래서 더 미안했다. 이렇게 따로 시간을 내어 그녀를 찾은 것도 그 때문이었다.

하지만 그녀의 반응은 천풍의 뜻을 흔쾌히 받아들여 주었던 혜광이나 진현과는 완전히 달랐다.

“안 돼요!”

그의 뜻에 단박에 반대를 하고 나섰다.

“대체 누구 마음대로 탈맹을 하겠다는 거예요?”

“말씀드렸다시피 이곳은 애당초 저희와 어울리는 곳이 아니었습니다.”

"누군 어울려서 이곳에 있는 줄 아세요? 중원 무림에서 살아가는 자로서 마땅히 있어야 할 곳이니까 있는 거라고요. 파천대성이란 이름이 지금 중원 무림에 어떤 의미인지 몰라서 그래요? 모두가 당신 하나를 보고 있고 당신 하나에 희망을 걸고 있는데 이제 와 당신만 쏙 빠지겠다는 게 말이나 되냔 말이에요! 게다가 내 아버님은요? 당신을 보겠다고 천 리 길도 마다않고 달려오고 계신데 그분을 헛걸음시키겠다고요? 절대로 안 돼요! 어림 반 푼어치도 없는 일이라고요!"

단화영의 말은 틀린 것이 없었다.

중원 무림의 희망이 되어버린 파천대성이다. 그런 파천대성이 무림맹을 떠나겠다는 것은 그녀의 말대로 무책임하고 경솔한 결정일 수 있었다. 그건 천풍도 잘 알고 있었다. 하지만 그럼에도 천풍의 결심에는 추호의 흔들림도 없었다.

"이미 무림맹에는 통보를 했습니다. 되돌릴 수 있는 일이 아닙니다."

"그럼 내 아버님과도 만나지 않겠다, 이거예요?"

천풍을 노려보는 눈빛은 사나우면서도 한편으로 서운함도 보였다. 그 서운함이 천풍을 미안케 했다. 하지만 그 역시 들어줄 수 없는 부탁이었다. 그녀의 사정을 봐주기 위해 시간을 지체하다가는 화산 장문인뿐만 아니라 무당 장문인과 소림 방장 모두를 만나게 될 판국이었다. 그것만큼은 사양하고 싶었다.

"죄송합니다만 화산 장문인께는 후일 반드시 화산을 찾아 오늘의 일을 사죄드리겠다고 전해주십시오."

천풍의 거절은 정중했지만 야멸쳤다.

"그러니까 끝끝내 탈맹을 해서 서호로 돌아가겠다는 거죠?"

천풍을 노려보는 눈빛에선 서운함을 넘어 독기마저 느껴졌다. 한데, 표독스러운 눈빛과는 어울리지 않게 눈가에는 눈물이 맺혀 있었다. 독기와 눈물이 어우러지자 오히려 더 슬퍼 보이고 더 쓸쓸해 보인다.

그 예상치 못한 눈물에 몹시 당황해하는 천풍이다. 뭐라 할 말을 찾지 못한 채 허둥지둥이다.

사실 그 눈물이 당황스럽기는 단화영도 마찬가지였다. 예상치 못한 것도 마찬가지였다.

왜 이런 기분이 드는지 모르겠다.

서러움이 울컥 치밀어올라 목을 메이게 한다.

왜 이렇게 천풍이 야속하게만 느껴지는 것일까?

단지 그가 탈맹을 하겠다 한 것 때문이 아니었다. 그녀의 부친을 만나지 않겠다 한 것 때문도 아니었다. 그보다 훨씬 일찍부터 찾아온 감정이었다.

용궐에서였다. 용궐에서 현천문과 더불어 생사혈투를 벌이고 있던 그때, 홀연히 나타나서는 만부막적의 신위로 흑지의 적도들을 쓸어가던 그 모습이 너무도 커 보였다. 큰 만큼 또한 멀게 느껴졌다. 도무지 닿을 수 없는 존재가 되어버린 것 같았다.

이유는 모르지만 그것이 그렇게 서러울 수가 없었다. 그런 차에 천풍으로부터 서호로 돌아가겠다는 소식을 듣고 보니 서러움이 북받쳐 결국 눈물이 되고 만 것이다.

"좋아요. 마음대로 하세요. 떠나고 싶으시면 얼마든지 떠나시라고요. 파천대성이 가겠다는데 천하의 어느 누가 그걸 막을 수 있겠어요?"

더는 약한 모습 보이지 않겠다는 듯 입술을 잘근 깨물어 눈물을 삼키고는 획하니 돌아서 등을 보인다.

그녀의 축객령에 천풍이 잠시 쓴웃음을 베어 물었다. 그녀의 돌아선 어깨가 너무 왜소해 보여서 괜스레 마음이 쓰렸다. 정인지 연민인지 모르지만 돌아선 그녀의 뒷모습이 너무 쓸쓸해 보여서 차마 걸음이 떨어지지가 않았다.

그러나 천풍은 잠깐의 망설임을 뒤로 하고 몸을 돌렸다.

어차피 여기까지였다. 그녀의 왜소한 어깨를 든든히 감싸주는 것은 자신의 몫이 아니었다. 그녀의 쓸쓸함을 달래줄 사람 또한 자신은 아닐 것이다. 그녀와의 인연은 결국 여기에서 매듭짓는 게 가장 옳은 길이라 생각했다.

그렇게 단화영의 처소를 나오자 문밖에선 이진하가 그를 기다리고 있었다.

“역시 영웅에겐 여난이 좀 따라줘야 품격이 사는 법이죠.”

이진하가 짓궂게 농을 걸어왔다.

‘하아…….’

반갑게 천풍을 맞는 이진하와는 달리 이진하를 보자 한숨부터 내쉬는 천풍이다.

말을 트고 형아우하면서 지내기로 하긴 했지만 아직은 불편하고 거북하기만 한 이진하다. 그건 아마도 앞으로도 달라지지 않을 것이다. 적어도 이 어린 악마의 속마음을 완전히 읽어낼 수 있을 때까지는 말이다. 그리고 그건 천풍에게는 실로 요원한 일이었다.

“그런데 말이에요. 저만 쏙 빼놓고 이렇게 인사를 다니다니, 너무하신 거 아니에요? 무림맹 탈맹이라는 중차대한 소식을 형님이 아닌 다른 사람한테 들어야 하다니…… 이 아우 무지 섭섭하다고요.”

정말로 서운하다는 표정이었다.

하지만 천풍은 전혀 미안해하지 않았다.

반 협박에 떠밀려 어영부영 여기까지 동행을 하긴 했지만 그들 사이에는 사실 아무런 친분도 없었다. 그와의 작별을 애석해할 이유도 없었고 굳이 그런 시간을 만들 필요도 없었다. 더구나 어차피 무림맹 탈맹은 중원 무림과의 인연을 그로써 마무리하겠다는 뜻이었다. 그런 마당에 마황성이 중원 무림을 배신하든, 혹지 비사천문에 붙어먹든 이제 더는 상관할 바가 아니었다. 오히려 이로써 이진하와는 더 볼 일이 없어졌다는 생각에 홀가분하기만 한 천풍이다.

그런 천풍의 마음을 아는지 모르는지, 연신 섭섭함을 토로하던 이진하가 돌연 표정을 바꾸고는 뭔가 신난 듯이 들떠서 말했다.

"하지만 무림맹 탈맹은 탁월한 선택이에요. 그야말로 신의 한 수였어요. 순진하기만 한 줄 알았더니 그런 묘수를 다 생각해 내시고…… 정말이지 이 아우, 형님께는 거듭 탄복을 했다니까요."

"신의 한 수?"

무슨 말인지 모르겠다.

"에이, 또 어수룩한 척하시기는…… 형님이 뭘 구상하고 계시는지 설마 이 아우가 모를까 봐서요?"

이건 또 무슨 소리일까?

"내가 뭘 구상하고 있다니?"

"무림삼분계(武林三分計)!"

"……?"

"제갈량이 천하삼분계로 유비를 도와 촉을 세웠던 것처럼 사천의 흑지, 강북의 무림맹, 강남의 현천문…… 이렇게 무림을 삼분할 계획 아니에요?"

"무슨 그런 얼토당토않은……."

"얼토당토않다고요? 물론 아무리 파천대성의 명성이 드높고 현천문이 무림사세의 하나로 그 위치가 올라섰다 해도, 흑지나 무림맹과 견주기에는 부족함이 있죠. 허나 거기에 검문이 합세한다면요? 왜요? 형님과 검문주 금천우의 관계가 특별하다는 걸 제가 모를 줄 아셨어요? 이래봬도 이 아우, 마황성의 주인이라고요."

그만한 정보력이야 당연한 일이다.

"파천대성의 명성에 검문이 뜻을 함께하고 거기에 현천문의 막강한 자금력까지 더해진다면 무림삼분계가 결코 얼토당토않은 일이 아니죠. 능히 세력의 균형을 맞출 수 있죠. 그리고 어느 한 쪽의 치우침도 없이 균형이 맞춰진다면 오히려 무림은 평화로워질 테고요. 형님이 바라시는 게 그거 아니에요?"

당연히 아니다.

그런 엄청난 생각은 해본 적도 없었다.

그런 엄청난 생각은 해본 적도 없는데 막상 듣고 보니 왜 이렇게 심장이 쿵쾅거리는 것일까?

"혹시 나중에라도 마음이 바뀌어서 평화가 지겹다거나 보다 큰 그림을 그리고 싶다거나 하시면 언제든 말씀만 하세요. 마황성은 기꺼이 형님의 한 팔이 되어드릴 테니까. 전에 제가 했던 말 기억하시죠? 형님이 과연 우리 마황성이 믿고 의지할 수 있는 사람인지, 과연 현천문이 흑지는 물론이고 소위 정파라 칭하는 모든 위선자들로부터 우리 마황성을 지켜줄 수 있는 힘이 있는지 확인해 보겠다고 했던 것 말이에요. 이제는 확신이 섰어요. 그래서 마황성의 선택지에서 흑지를 지웠어요."

"……."

"마황성은 이제부터 현천문과 생사를 같이할 겁니다!"

이진하의 말은 단호하면서도 확고했고 또한 결연했다.

무언가 뜨거운 것이 천풍의 가슴을 쓸고 갔다.

그러나 그러한 이진하의 마음을 받기에는 천풍은 아무런 준비가 되어 있지 않았다. 무림삼분계란 것 자체가 그의 것이 아니었다. 어디까지나 이진하의 생각이었다. 잠시 심장이 쿵쾅거리고 가슴이 뜨거워지긴 했지만 그 모든 게 그저 난데없고 생뚱맞을 뿐이다.

"뭔가 단단히 오해를 하고 있는 모양인데, 무림삼분계 같은 건 생각해 본 적도 없다. 무림맹을 탈맹하고 서호로 돌아가겠다는 건 단지 그러고 싶어서 그러는 것일 뿐이고. 너는 지금 생각이 지나쳐 망상을 하고 있는 것이야."

그렇게 일언으로 모든 것을 부정하고는 멈췄던 걸음을 내디뎌 이진하를 지나쳐갔다. 왠지 이진하의 야릇한 시선이 등 뒤에서 느껴졌지만 무시했다. 뭔지 모를 중얼거림이 들린 듯도 했지만 그마저도 무시했다. 하지만 아무리 무시하려고 해도 무시되지 않는 것이 하나 있었다.

무림삼분계.

왜일까?

그 말이 자꾸만 귓가를 맴돈다.

그 말이 자꾸만 머릿속을 울려댄다.

'뭐, 꽤 거창하긴 하다만…….'

매력적이기도 했다. 그러나,

'어차피 나랑은 상관없는 일.'

천풍은 그렇게 어지러운 마음을 털어냈다.

현천문이 남녕을 떠나 서호로 출발한 것은 그로부터 이틀 후였다.

*　　*　　*

그렇게 대강의 주변 정리를 마치자 천풍은 지체 없이 현천문을 이끌고 먼 여정 길에 올랐다.

시작은 그리 유쾌하지 못했다. 그 이틀 동안 마치 배앓이 하는 아이가 뒷간 드나들듯 빈번하게 천풍을 찾아왔던 위서량은 떠나는 그날까지도 사정과 협박을 번갈아하며 탈맹을 극구 말려댔고, 단화영은 그에 대한 서운함을 풀지 못했는지 얼굴 한 번 내비치지 않았다. 어쨌거나 생사고락을 같이한 남녕 지부의 무사들조차도 현천문 문도들을 향해 배신자 보듯 차가운 시선을 던져왔다.

어차피 예상했던 일이었다. 흔쾌한 마음으로 자신들을 배웅해주리란 기대는 애초부터 없었다. 그래서 크게 아쉽지도, 섭섭하지도 않았다. 다만 그로서도 예상치 못한 것이 두 가지가 있었다.

그중 하나는 그들의 여정에 이진하가 대뜸 따라나섰다는 것이다.

"이미 형님께 마황성의 명운을 맡기기로 한 마당인데, 제가 형님을 보좌하는 거야 당연한 일 아니겠어요?"

가까이 두고 쓰기에는 너무 날카로운 칼이었다. 또한 손에 익지 않아 제멋대로이기까지 했다. 자칫 잘못 다루면 자신의 손을 베는 것으로도 모자라 능히 세상을 난도질할 수도 있었다.

가능하면 곁에 두고 싶지 않았다. 그러나 내칠 수 없었다. 괜히 그를 밀어냈다가는 흑지에 붙겠다느니 하면서 생떼를 부려댈 것이 뻔했다. 그래서 반쯤은 자포자기하는 심정으로, 그리고 반쯤은 이 위험하기 짝이 없는 요도(妖刀)를 다른 사람이 쥐느니 차라리 자신이 다루는 것이 백 번 천 번 낫다는 생각으로 동행을 수락했다.

그리고 또 하나, 그의 예상과 달랐던 것은 세상 사람들의 반응이었다.

남녕 지부를 나서자 어떻게 소문을 듣고 나왔는지 거리가 온통 그들을 보러온 사람들로 가득했다. 그리고 그 구경 인파의 반응은 열렬한 환호였다.

'파천대성 만세!'를 외치는가 하면, '흉악무도한 도적의 무리들을 이 땅에서 몰아내 주십시오!'라며 염원을 토해내기도 했다.

처음에는 현천문의 무림맹 탈맹 소식이 아직은 세상에 전해지지 않은 것이라 생각했다. 하지만 남녕을 벗어나 호남 땅에 이르러서도, 호남을 지나 강서에 당도할 때까지도 사람들의 환영 인파는 줄어들지 않았고 그들이 보내주는 성원도 한결같았다.

무림맹을 탈맹하겠다 결심했을 때만 해도 중원 무림의 거센 비난을 예상했었다. 배신자라 낙인찍힐 각오까지도 했었다. 그랬기에 사람들의 이 같은 환호가 그로서는 뜻밖

일 수밖에 없었다.

“무림맹이 입을 닫고 있는 거죠, 뭐.”

의아해하는 천풍에게 이진하가 그렇게 말했다.

“왜……?”

“그야 그편이 낫다 판단한 거죠. 얼마 전 천문 지부가 괴멸을 당한 마당이에요. 자칫 무림이 대혼란에 빠질 수도 있는 일대 사건이었죠. 그나마 민심이 크게 동요하지 않은 것은 어디까지나 파천대성에 대한 믿음 때문이었어요. 한데, 그런 차에 현천문의 무림맹 탈맹 소식이 전해지면 어떻게 될까요? 물론 현천문에 대한 배신감이 안 들 수는 없겠죠. 하지만 그보다는 현천문을, 파천대성의 마음을 잡지 못한 무림맹의 무능을 더 질타할 거예요. 천문 지부의 일도 더 크게 부각이 될 테고요. 자칫하면 무림맹의 분열까지도 초래할 수 있는 일이죠.”

천풍의 결정이 갑작스러웠던 만큼 무림맹은 당장 그런 부담을 모조리 떠안고 갈 만한 준비가 전혀 되어 있지 않은 상태였다.

지금 상황에서 현천문의, 파천대성의 탈맹을 선포하기에는 부담스러울 수밖에 없는 것이다.

“언제고 알려는 지겠지만 그 시간을 최대한 늦추고 싶은 거죠. 그사이 형님의 마음을 돌려보겠다는 의도도 분명 있을 테고요. 물론 부질없는 희망이지만 말이에요."

이진하의 말대로 부질없는 희망이다. 돌이킬 여지가 있는 마음이었다면 애당초 탈맹을 선언하지도 않았을 것이다.

아무튼 듣고 보니 참 난감한 일이었다.

탈맹을 한 상황에서 사람들의 환호를 받는 것이 그들을 기만하는 것만 같아서 마음이 편치 못했다. 하지만 그렇다고 무림맹이 그 일을 공표하지도 않았는데 무림맹보다 먼저 탈맹을 언급하는 것도 도리는 아닌 것 같았다.

무림맹이 이처럼 곤란을 겪고 있는 것 자체가 결국 자신의 탓이 아닌가? 지금의 난처함을 덜고자 무림맹을 더욱더 힘들게 할 수는 없는 일이었다. 그래서 불편함을 감수하고 무림맹이 먼저 현천문의 탈맹을 언급할 때까지 기다려주기로 했다.

그렇게 난처하고 불편한 여정이 이어진 끝에 서호에 당도하자 환영 인파는 더욱 많아졌고 그들을 향한 환호는 더욱 뜨겁고 열렬해졌다.

현천문 앞은 그야말로 구름 인파였다. 그 틈을 비집고 가장 먼저 달려와 천풍을 맞은 것은 부문주 관여락이었다.

"문주님, 먼 길 고생하셨습니다."

그의 표정은 그다지 밝지 못했다. 천풍의 뒤로 현천문 문도들이 각기 들고 있는 유골함을 보았기 때문이었다. 아무리 현천문이 유명해져서 이처럼 헤아릴 수 없이 많은 사람들의 환영을 받고 있다고 해도 그것이 천오백 명의 목숨값을 대신할 수는 없었다. 게다가 저 중에는 분명 죽은 자들의 식솔들도 있을 터였다. 그들 앞에서는 웃음 한 자락 함부로 보일 수가 없었다.

"그래, 그간 별고 없었습니까?"

"문주님의 대활약 덕분에 각지에서 사람들이 몰려들어서 그들을 대접하는 게 상당히 골칫거리가 되었다는 것 말고는 아무 일 없었습니다."

"각지에서 사람들이 몰려든다고요?"

"현천문의 이름이 높아지니 인사 겸 눈도장이나 찍어두겠다는 거죠. 특히 강남 무림에 밥숟가락을 얹고 있는 문파는 하루가 멀다고 다녀가기 일쑤입니다. 문주님이 안 계실 때도 그랬으니 문주님이 오신 지금부터는 아예 문턱이 닳을 지경이 될 겁니다."

"흠……."

강남 무림이라는 말을 들으니 새삼 이진하가 말한 무림 삼분계가 떠오른다.

흑지의 사천 무림, 무림맹의 강북 무림, 그리고 강남의 현천문.

장강을 건너 강남땅에 발을 딛고부터 느낀 것은 현천문에 대한 절대적인 지지였다. 강남 무림인들이 보여주는 그 굳건하고 맹목적인 지지라면 설혹 무림맹 탈맹 소식이 전해지더라도 적어도 강남 무림만큼은 현천문의 편이 되어줄 것 같았다.

'어쩌면…….'

무림맹 탈맹을 선언한 그 순간, 이미 무림삼분계는 시작되었는지도 몰랐다.

천풍이 무의식적으로 이진하를 보았다.

그런 천풍의 마음을 읽기라도 한 건지 의미심장한 미소를 베어 무는 이진하다.

"저기…… 이…… 분은 뉘신지?"

관여락이 천풍의 눈을 쫓다 그제야 이진하를 발견하고는 의아히 물었다.

"아닙니다. 그냥 좀 아는……."

지금까지 늘 그랬던 것처럼 천풍은 이진하의 신분에 대해서 대충 얼버무리려 했다. 한데,

"저는 마황성의 성주 이진하라 합니다."

이진하가 그런 천풍의 말을 가로채며 대뜸 자신의 신분을 밝히는 것이 아닌가.

순간, 주변이 소란스러워졌다.

비단 천풍을 마중 나온 사람들만이 아니었다.

남녕에서부터 수개월간 같이 동고동락해온 일행들조차 놀란 눈으로 이진하를 본다.

상상도 못 한 일이었다.

천풍과 친분이 있다는 것 정도로만 알고 있던 그들이었다. 워낙에 구김살 없이 싹싹하게 구는 통에 귀여운 막내동생쯤으로 생각하고 격의 없이 대해왔었다. 가끔 짓궂은 행동을 할 때면 꿀밤을 먹인 적도 있었다.

그런 이진하가 무림사세, 그중에서도 마도의 하늘이자 무림 최대의 공포라는 마황성의 주인이라니…… 어찌 상상이나 했겠는가?

혹은 모골이 송연해서, 혹은 놀람이 지나쳐 경악으로, 또 혹은 마황성에 대한 필사적인 불신으로 모두가 공황 상태에 빠졌다.

그건 천풍도 마찬가지였다.

'대체 왜……?'

왜 이런 돌발 선언을 해버린 것일까?

그런 천풍의 의문에 이진하가 간단히 대답했다.

"어차피 흑지와는 손을 잡지 않기로 결심을 한 마당인데 뭐가 무서워 제 신분을 숨기겠어요? 오히려 이제는 대대적으로 알려야죠."

"대대적으로 알리다니? 뭘?"

"뭐긴 뭐예요. 마황성이 현천문과 같은 길을 가기로 했다는 거죠."

"……."

"현천문이 마황성과 손을 잡았다면 무림맹 탈맹 여부는 중요치 않아요. 무림맹 소속이든 아니든 그로써 이미 현천문은 무림맹과 동등한 위치에 서게 된 것이니까."

"……."

"그러니까 형님이 아무리 무림삼분계를 부정하셔도 그건 이미 거스를 수 없는 시대의 흐름이라는 거죠."

이진하의 눈빛은 사악했고 미소는 의미심장했다.

그것을 보자니 가슴에 찬바람이 분다.

거스를 수 없는 시대의 흐름이 아니다. 단지 이진하의 이기적인 욕심이고 탐욕스런 바람일 뿐이다. 하지만 그럼에도 가슴에 부는 찬바람이 불쾌하지 않은 것은 이진하의 욕심과 바람이 그리 싫지가 않기 때문일 것이다.

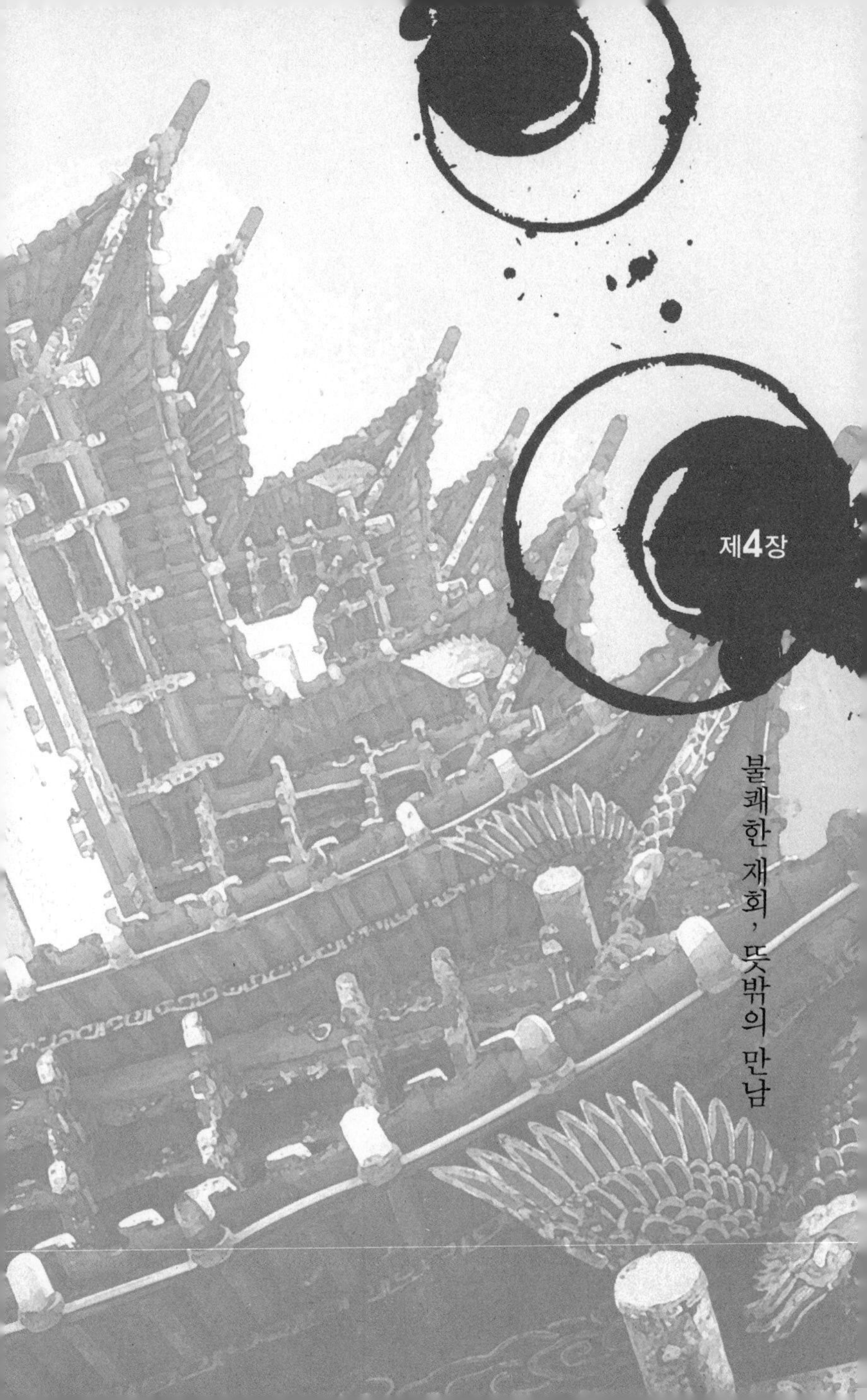

제4장

불쾌한 재회, 뜻밖의 만남

현천문에 돌아온 후로 천풍은 정말이지 눈코 뜰 새 없이 바쁜 시간을 보냈다.

가장 먼저 한 일은 남녕에서 죽은 천오백 명의 유족들을 찾아가 그들을 위로하는 것이었다. 그들의 울음을 들어주는 것은 물론이고 그들이 살아가는 데 필요한 모든 사후 대책을 한 치의 소홀함도 없이 챙겼다.

그러다 보니 두 달이라는 시간이 훌쩍 지났다.

유족들을 챙기는 일이 일단락되고도 바쁜 일상은 별로 달라진 것이 없었다. 대륙 각지에서 찾아오는 손님 때문이었다.

'문주님의 대활약 덕분에 각지에서 사람들이 몰려들어서 그들을 대접하는 게 상당히 골칫거리가 되었습니다.'

관여락이 했던 그 말의 의미를 뼈저리게 느낄 수 있었다.

그의 말대로 문턱이 닳아 없어질 지경이었다. 더구나 마황성이 현천문과 손을 잡았다는 소식마저 전해지자 현천문 앞은 인사차 방문하는 손님들로 매일같이 문전성시를 이루었다.

물론 그들 대부분은 관여락 선에서 처리가 되었다. 하지만 천풍이 직접 맞아야 할 귀빈의 수도 그리 적지가 않았다. 거르고 걸렀는데도 접대를 위해 마시는 차가 하루에만 서른 잔이 넘을 정도였다.

고역도 그런 고역이 없어서 하소연하듯 관여락에게 물은 적도 있었다.

"대체 이 짓을 얼마나 더 해야 됩니까?"

"적어도 석 달은 더 고생을 해야 대강 정리가 되지 않을까 싶습니다."

"석 달이나요?"

"그것도 최소한으로 잡으면 그렇다는 것입니다. 넉넉하게 잡으면 해를 넘길 수도 있습니다."

"하아……."

듣자니 한숨만 나올 뿐이다. 대륙이 얼마나 넓은지, 또한 사람이 얼마나 많이 사는지 새삼 눈물 나도록 절절하게 깨닫게 된다.

그날도 천풍은 그렇게 고단한 손님맞이로 한창 바쁜 일과를 보내고 있었다. 정확히 말하자면 정오를 넘길 무렵 여덟 번째 손님을 보내고 한숨 돌리고 있을 때였다.

관여락이 천풍을 찾아왔다.

관여락의 얼굴을 본 천풍이 대뜸 손사래를 쳤다.

"오전에는 여기까지 하죠. 적어도 끼니는 제때 챙겨 먹어야죠."

"그러시겠습니까?"

"부문주님도 식사부터 하세요. 듣자하니 어제는 한 끼도 제대로 못 했다면서요?"

"아, 예. 뭐……."

관여락이 쓴웃음을 지어 보였다.

사실 관여락에 비하면 귀빈만 접대하는 천풍의 고생은 새 발의 피였다. 호방한 기개가 참으로 멋스러웠던 관여락의 얼굴이 두 달 사이, 보고 있기가 딱할 정도로 초췌해져 있었다.

"그럼 일단 진가장에서 온 자들은 오후 일정으로 미뤄두겠습니다."

관여락의 말에 무심결에 고개를 끄덕이던 천풍이 돌연

눈을 부릅떴다.

"지금…… 어디라고 했습니까?"

"진가장입니다. 강서팔문 중 하나인…… 하온데 왜 그러시는지?"

"……."

진가장이라니?

진가장이라면 자신의 친가가 아닌가.

전혀 예상치 못했다. 하지만 당연히 예상했어야 할 일이었다.

이미 강서팔문 중 네 곳이나 다녀갔었다. 진가장이라고 이런 일에 홀로 빠질 리가 없는 것이다.

"그래, 진가장에서…… 누가 왔습니까?"

"진가장 장주 진가오가 직접 찾아왔습니다. 그의 장자인 소장주 진천일도 같이 동행했다고 들었습니다."

진가장주 진가오…… 천풍의 부친이다.

'이보십시오, 스님. 내가 누군지 모르십니까? 나 진가장주 진가오란 말입니다. 강남 무림에 내 이름 석 자를 모르는 사람이 없는데 그런 내가, 그런 내 자식이 무공도 못 익히는 반편이라 소문나면 내가 어떻게 얼굴을 들고 다닌단 말입니까? 평생을 무인의 자존심 하나로 버텨온 내가 고작 종년의 몸을 빌려 난 반편이 하나 때문에 사람들의 놀림거

리가 되어야겠습니까? 솔직히 까놓고 말해서 여기저기 굴러먹던 종년의 자식인데 이놈이 정말 내 새낀지 아닌지 그걸 누가 알겠습니까?'

스승 현야에게 자신을 떠넘기며 부친이 했던 말이 낙인처럼 가슴에 새겨져 아직도 생생하기만 했다.

'혹시나 해서 드리는 말입니다만, 차후에라도 저놈이 다시 여길 찾아오거나 하는 그런 불미스러운 일은 없도록 해주십시오. 핏줄이네 뭐네 하며 구질구질하게 굴면 그거 너무 피곤한 일이거든.'

끝내 따뜻한 말 한마디 해주지 않고 그렇게 야멸치게 그를 내쳤던 부친이었다.

반가울 리 없다. 가까이에 있다는 것만으로도 불쾌감이 끓어올라 토악질이 날 지경이다.

하지만,

"들이세요."

"예?"

"지금 바로 만나 보겠습니다."

그럼에도 만나는 보고 싶었다.

그 긴 세월이 흐르고 난 지금, 과연 어떤 모습을 하고 있을지 궁금했다.

아물고 있는 상처의 딱지를 긁어서 괜한 부스럼을 만드

는 일일 테지만 그래도 한 번은 마주해야 하는 과거라 생각했다. 그리고 지금이 바로 그때였다. 지금이라면 상처받지 않을 자신이 있었다. 그만큼 천풍은 충분히 단단해져 있었다.

* * *

"진가장의 진가오가 현천문의 문주님을 뵙습니다. 이렇게 파천대성을 뵙게 되어 삼생의 영광입니다!"

진가오가 천풍에게 헤픈 웃음을 남발하며 연신 허리를 조아린다.

십오 년이 넘었다. 여섯 살 천풍은 이제 약관을 훌쩍 넘긴 헌헌장부가 되어 있었고 진가오는 오십 줄을 훌쩍 넘겨 환갑에 가까운 초로의 노인이 되어 있었다.

그들은 그렇게 다시 만났다.

천풍의 눈에 비친 진가오는 도무지 무인의 모습이 아니었다.

이런 저런 계산속으로 쉼 없이 굴려대는 눈은 장사치의 그것과 진배없었고, 탐욕과 심술이 덕지덕지 붙어 있는 축 처진 볼 살은 노회한 정치인의 그것과 닮아 있었으며, 머리를 조아리는 것조차 힘에 겨울 만큼 뒤룩뒤룩 찐 살은 게으른 졸부의 그것과 다르지 않았다.

무인의 자존심을 운운하며 자신을 내친 것치고는 너무도 볼품없는 모습에 실소마저 흘러나올 지경이다.

"그리고 여기 이 아이는 제 맏이입니다. 무엇하느냐? 어서 문주님께 인사 올리지 않고!"

진가오의 말에 그의 옆에 있던 사내가 코가 땅에 닿을 듯이 넙죽 엎드렸다.

"진가장의 진천일입니다! 미천한 소인이 감히 파천대성대협의 존안을 뵈옵니다!"

진가오보다도 더 낯 뜨겁게 몸을 낮추는 사내는 일찍이 안면이 있는 자였다.

언젠가 황학루에서 보았었다.

'아직 서른도 되지 않은 나이에 처첩을 여덟이나 거느리고 있는 천하의 호색한이에요.'

취옥선이 진천일을 두고 한 말이 아직도 기억에 남아 있다.

물론 진천일에 대한 어린 날의 기억도 생생했다.

그에겐 형이었지만 형이라 불리는 것을 싫어했던 사람이었다.

그에겐 천풍이라는 이름이 있었지만 또한 천풍이라 부르기를 싫어했던 사람이었다. 대신 병신, 쓰레기, 종놈의 새

끼…… 그렇게 부르기를 좋아했던 사람이었다.

그런 사람이 지금 천풍의 앞에 무릎까지 꿇고 미천한 소인이니, 존안이니 하며 한없이 비굴한 모습으로 자신을 낮추고 있다.

너무 한심해서 실소가 나왔다.

맥이 빠졌다.

마음에 세운 날조차 무뎌지는 느낌이었다.

이런 한심한 작자들 때문에 아직 속절없는 증오와 부질없는 원망을 한 줌 움켜쥐고 살아왔던 자신이 너무 바보같이 느껴졌다.

그때 그런 천풍의 앞으로 진가오가 네모난 상자꾸러미 하나를 내밀었다.

"이게 뭡니까?"

천풍이 의아히 물었다.

진가오가 짐짓 자랑스레 말했다.

"이번에 천운이 닿아 칠백 년 된 삼 하나를 얻었습니다. 이런 신물이야 마땅히 그 주인이 정해져 있는바, 그래서 바로 문주님을 찾아뵌 것입니다."

"그러니까 마땅히 정해져 있는 주인이라는 게 저라는 말씀입니까?"

"말 그대로 천운이 닿은 신물입니다. 그만한 천운을 품은 자가 천하에 파천대성 말고 달리 누가 있겠습니까? 사실 저도 의심을 하지 않은 것은 아닙니다. 소문이라는 것이 본시 과장이 있기 마련이니까요. 그래서 여기까지 오는 동안에도 반신반의하는 마음이 있었습니다. 허나, 이렇게 문주님을 뵙고 보니 알겠더군요. 소문이 오히려 부족했다는 것을 말입니다. 제가 가진 재주는 보잘 것 없지만 사람을 보는 눈썰미 하나는 능히 천하를 두고 다툴 수 있다 자부하는 사람입니다. 그런 제가 보장하는데 이 신물의 주인은 마땅히 문주님이십니다!"

표정이며 말투며 꿀이라도 바른 듯 달달한 혓바닥까지, 보잘 것 없는 재주에 비해 뛰어난 것은 눈썰미가 아니라 그 세 치 혓바닥인 것 같았다. 애당초 자기 자식도 못 알아보면서 눈썰미로 천하를 다툰다는 것 자체가 어불성설이다.

이따위 눈에 보이는 아첨이 천풍에게 통할 리가 없다. 더구나 강서팔문이란 이름은 혓바닥 놀림으로 따는 것인지 앞서 다녀간 네 곳도 지금 진가오가 보여주는 행태와 크게 다를 것이 없었다.

자연히 천풍의 눈빛은 더욱 차가워졌다.

"이런 귀한 물건을 그냥 주실 리는 없고, 혹시 제게 원하는 것이 따로 있습니까?"

천풍의 질문에 진가오가 손사래를 쳤다.

"원하는 거라니요? 당치도 않습니다. 천하의 파천대성 대협을 뵙는 자리인데 어찌 그런 사사로운 욕심을 부리겠습니까? 정말로 정말로 신물의 주인은 문주님밖에 없다고 생각해서……."

이번엔 진가오의 말이 끝나기도 전에 천풍이 손을 저어 그의 말을 막았다.

"그런 입바른 말은 되었으니 말씀해 보시죠? 제가 무얼 해드리길 원하십니까?"

천풍이 그렇게까지 나오자 잠시 눈알을 굴리던 진가오도 이내 조심스레 운을 뗐다.

"딱히 뭘 해주십사 하는 건 아니지만…… 그냥 저희 진가장에 한 번 왕림해 주시면 삼생의 영광으로 알겠습니다."

진가오의 말은 조금 뜻밖이었다.

천풍은 슬쩍 관여락을 보았다.

정확히 그게 무슨 뜻인지는 모르겠지만 관여락의 표정이 그리 달가워 보이지 않았다.

하지만 달리 생각해보면 한 번은 가봐야 할 곳이기는 했다.

"좋습니다. 일간 한 번 진가장에 들르도록 하죠."

천풍이 이렇게 흔쾌하게 승낙할 줄은 몰랐는지 잠시 어리둥절해하던 진가오가 이내 얼굴을 활짝 펴고는 그 앞에

넙죽 엎드린다.

천풍은 그와는 더 마주하고 싶지 않아 손을 휘휘 내저었다.

자고로 혈육의 정이란 것은 진하디진해서 본능적으로 끌린다고들 하는데 이 진가오란 사람에겐 어떠한 끌림도 느껴지지 않았다.

자신이 이런 사람의 자식이라는 게 도무지 믿어지지가 않았다.

자신의 아비로 여겨지지가 않았다.

아무튼 그렇게 진가오를 내보내자 관여락이 탐탁지 않은 얼굴로 천풍에게 말했다.

"그 같은 약조는 하지 마셨어야 합니다."

그렇잖아도 궁금했던 참이다.

"왜요?"

진가장에 한 번 가는 게 뭐 그리 대수길래 진가오는 이런 선물까지 들고 오는 것이며, 또 관여락은 왜 이처럼 내켜하지 않는 것일까?

"지금 문주님은 일개 개인이 아닙니다. 문주님 자체가 이미 무림의 또 하나의 세력이라 해도 과언이 아닙니다. 그런 문주님께서 진가장에 가신다는 것은 곧 진가장을 인정한다는 뜻이 되고, 진가장과 한배를 탔다는 걸 세상에 공표하는 게 됩니다. 괜히 진가장에 힘을 실어줄 필요는 없지 않겠습니까? 강서팔문이 유지하고 있는 힘의 균형을 깨트려 봐야 괜한 분란만 생겨날 뿐입니다."

관여락의 설명을 듣고 나니 그제야 상황 파악이 되는 천풍이다.

하지만 대수롭게 생각하지 않았다.

"그럼 진가장을 필두로 해서 다른 강서팔문을 다 한 번씩 방문하면 되지 않겠습니까? 우리 현천문이 강서팔문과 친하게 지낸다는 걸 대외적으로 알려서 나쁠 건 없지 않겠습니까?"

천풍이 이렇게 나올 줄은 생각 못 했는지 관여락이 잠시 멍한 표정을 했다.

그러나 생각해보니 천풍의 말대로 나쁠 것이 없는 일이었다. 그런 대외적이고 가시적인 행보는 오히려 그가 천풍에게 권해야 할 일이었다.

그리해 이튿날 천풍은 바로 진가장으로 갔다.

그야말로 천풍이 불편할 정도로 융숭한 접대가 이어졌다.

천풍 하나에 강서 땅에서 난다 긴다 하는 기녀들을 여덟 명이나 붙였다.

그나마 천풍이 대놓고 불쾌한 기색을 내비쳤기에 망정이지, 그렇지 않았다면 그저 내숭 떠는 거라 생각하고 아예 잠자리에까지 그 기녀들을 밀어 넣어댈 기세였다.

어쨌든 그런 융숭하다 못해 사치스럽기까지 한 대접을 받으며 자신을 위해 마련된 귀빈실로 돌아온 천풍은 여러 가지로 마음이 심란했다.

이미 짐작했던 일이지만 이리저리 알아본바, 그의 어머니는 이미 칠 년 전에 돌아가셨다고 했다. 아무렇지 않을 줄 알았는데 막상 그 소식을 접하고 보니 마음 한구석이 시리게 아려왔다.

그런 상황에서 여기 이 낯설면서도, 또한 익숙한 공간을 보고 나니 마음이 더 심란했다.

무공을 익히지 못한다는 이유로 구박만 당했던 그가 이제 무공으로 천하를 호령하게 되니 이렇게 융숭한 대접을 받고 있는 이 현실에도 그저 쓴웃음이 나올 뿐이었다.

마음이 심란하니 잠도 오지 않는다.

그리해 답답한 마음을 참지 못하고 귀빈실을 나왔다.

천풍이 무심결에 향하는 곳은 그가 과거 어머니와 같이 지냈던 내원 가장 구석진 곳에 있는 작은 전각이었다.

그런데, 그 전각 가까이에 가자 뭔가 이상한 소리가 들렸다.

누군가 검술이라도 수련하고 있는 것 같았다.

호흡은 가늘고 기합성은 날카롭다.

연검을 휘두르는지 허공을 가르는 검풍도 어딘지 표홀하고 날렵하게 느껴진다.

'여자……?'

그와 그의 어미가 지내던 처소에 웬 여자인가 싶었다.

슬그머니 전각 안으로 들어가 보았다.

아니나 다를까, 거기에는 열너댓 살쯤 되어 보이는 여자아이가 한창 검술 수련에 심취해 있었다.

실력은 많이 부족해 보였다.

재능은 괜찮은 듯하나 익힌 무공도 삼류였고 그 삼류조차 제대로 배우지 못한 티가 팍팍 풍겼다.

그런데, 그 여자아이를 보고 있자니 왠지 기분이 묘해졌다.

이상하게 심장이 쿵쾅거리고 뭔가 마음이 진정이 되지 않았다.

그건 이 여자아이의 얼굴이 그 안에 꼭꼭 가둬두었던 어떤 그리움을 자꾸만 끄집어내고 있었기 때문이다.

'닮았다.'

지금까지 겹겹이 벽을 치고 묻어 두었던 존재.

'어머니…….'

그랬다. 이 여자아이는 어린 날의 기억 속에 고스란히 남아 있는 그의 어머니와 참 많이도 닮아 있었다.

바로 알아차렸다.

자신의 동생이 분명했다.

그의 어머니는 그 연약했던 몸으로 그의 동생마저 낳았던 것이다.

"누구……세요?"

천풍이 자신의 동생을 보며 한참을 멍하니 있을 때였다.

그사이 검술 수련을 일단락지은 여동생이 그제야 천풍의 기척을 느끼고 의아해하며 물었다.

순간, 심히 당황한 천풍이다.

그녀의 질문에 어떻게 대답을 해야 할지 난감했기 때문이다.

천풍이 그렇게 당황해 있자 그녀가 문득 생각났다는 듯 말했다.

"아, 혹시 현천문의 파천대성 대협이신가요?"

크고 맑은 눈망울을 반짝이며 묻는 그녀의 말에 천풍이 흠칫 놀랐다.

"어떻게……?"

"그냥, 현천문의 파천대성 대협께서 장에 오셨다는 소식이야 들었으니까요. 근데 정말 파천대성 대협이세요?"

"예. 그렇긴 합니다만……."

"와! 정말이세요? 정말 파천대성 대협이신 거예요?"

크고 맑은 눈을 반짝이다 못해 아예 천풍의 얼굴에 자신의 얼굴을 바짝 들이대고는 신기한 듯 이리저리 살펴본다.

그 모습이 또한 천진난만하고 귀여워 보였다.

"진가장의 영애이십니까?"

"영애요?"

그녀가 급히 손을 내저었다.

"영애라뇨…… 저 같은 게 무슨…… 종년의 자식인데요."

풀이 죽은 목소리로 부끄러운 듯 말을 하는 그녀의 모습에서 천풍은 안쓰러운 연민과 더불어 마음속 깊은 곳에서 치밀어오르는 울화를 느꼈다.

종년의 자식.

어렸을 때 귀가 따갑도록 들었던 말이다.

그가 귀가 따갑도록 들었던 그 말을 똑같이 들으며 그의 여동생도 그렇게 천덕꾸러기로 살아온 것이다.

천풍은 치미는 울화를 억지로 씹어 삼키며 물었다.

"혹시 이름을 여쭤 봐도 되겠습니까?"

"아, 예…… 항아에요. 진항아."

'진항아…….'

그 이름을 잊기라도 할세라 수차례 곱씹은 후 물었다.

"여기서 사십니까?"

"예. 전에는 어머니랑 같이 살았는데 칠 년 전에 어머니가 돌아가시고는 줄곧 저 혼자 살았어요."

순간, 이미 어머니의 소식을 알고 있는데도 마음 한편에 찌르는 듯한 통증이 느껴졌다. 다른 사람을 통해 전해 들었을 때와는 다른, 보다 선명하고 보다 뜨거운 동요가 가슴 속에서 일었다. 그런 한편으로 이 눈앞의 어린 동생에 대한 궁금증은 더 커졌다.

"칠 년 전이라면…… 몇 살 때부터……?"

"아홉 살 때부터요."

"그럼 아홉 살 때부터 줄곧 여기서 혼자 살았단 말입니까?"

"내원으로 가 봐야 도련님들한테 구박만 받는데요, 뭐. 전 그냥 여기서 혼자 지내는 게 더 좋아요."

천진하다 못해 처연하기까지 한 항아의 웃음을 보자 천풍의 마음은 더 좋지 못했다.

진가장은 하나도 달라진 것이 없었다.

어리다곤 해도 그래도 사내였던 그조차 어린 시절의 상처가 영혼 깊은 곳에 새겨져 아직도 지워지지 않고 있는데 여자아이인 항아라면 오죽할까 싶었다.

"저기요. 근데…… 하나만 물어봐도 돼요?"

"얼마든지요."

"현천문의 무공은 삼류 무공으로도 일류를 이긴다고 하던데 그게 정말이에요?"

"그건…… 삼류든 일류든 결국 익히는 사람의 노력과 재능이 중요한 거니 딱히 단정할 수는 없습니다. 그러고 보니 조금 전 검술을 수련하시는 것 같던데…… 무공에 관심이 많으십니까?"

"검술을 좋아하긴 하지만…… 어차피 여자는 가문의 무공을 익힐 수 없어서…… 게다가 종년의 딸이니…… 아까 수련하던 것도 그냥 주워서 배운 거예요. 그래서 말인데요, 대협께서는 일류를 이기는 삼류 무공을 수백 가지도 넘게 알고 계시다고 하던데, 저한테 하나만 가르쳐 주시면 안 돼요?"

스스로 무례를 범하고 있다는 생각에 상당히 조심스러워하면서도 그래도 기대를 접지 못하고 천풍을 본다.

"가르쳐 드리는 거야 어려울 것은 없는데……."

"정말요?"

"하지만 무공이란 게 하루 이틀 가르쳐서 될 것이 아니니……."

"아, 그렇겠네요. 대협은 워낙에 바쁘신 분이시니까 저 같은 거 때문에 시간을 낭비하실 수는 없으실 테죠. 제가 괜히 가당치도 않은 청을 드려서…… 죄송해요."

천풍이 급히 손을 내저었다.

"아닙니다. 바쁠 일 없습니다. 다만 진가장에 오래 신세를 지기가 마땅치가 않아서…… 그냥 이렇게 하죠. 현천문에 머물면서 배우시는 걸로요."

"현천문에요? 현천문 제자가 되라는 말씀이에요?"

"아니. 굳이 제자가 되실 필요까진 없습니다. 현천문과는 상관없이 제가 개인적으로 가르쳐드리는 것이니."

"그래도 돼요? 그치만…… 장주님이 허락해주실지……."

"그건 제가 알아서 하겠습니다."

그렇게 항아를 안심시킨 천풍은 그길로 바로 진가오를 찾아가 항아를 데리고 가겠다고 말했다.

당연히 의아해하는 진가오다.

"그년, 아니, 그 아이를 왜?"

"그냥 가르쳐보고 싶은 아이라서요."

"아니, 그 아이보다는 차라리 우리 천일이나 천영이를 데리고 가서 가르치시는 게 나을 것 같습니다만…… 재능 면에서도 그렇고……."

어떻게든 자신의 아들들을 천풍과 엮어 보려고 한다.

물론 천풍에겐 씨알도 안 먹히는 소리였다.

"아닙니다. 제가 가르쳐보고 싶은 아이는 항아 그 아이밖에 없습니다."

천풍이 그렇게까지 단호하게 나오자 이젠 이상한 눈으로 천풍을 보는 진가오다. 마치 남자로서 항아한테 관심이라도 있는 건 아닌지 의심이라도 하는 듯한 눈초리였다.

천풍으로서야 불쾌하기 그지없었지만 그걸 따지기에도 뭣한 상황이니만큼 무시하고 재차 물었다.

"어떻습니까? 그 아이를 현천문에서 얼마간 돌봐도 되겠습니까?"

자신의 아들들이 선택을 받지 못한 것이야 아쉬운 일이지만 진가오로서는 마다할 이유가 없는 일이었다.

정말로 천풍이 항아에게 무공을 가르치려는 것이라도 좋고 다른 마음을 품고 있는 거라도 좋았다. 어떤 식으로든 파천대성과 연만 만들 수 있으면 그로서는 오히려 불감청이언정 고소원인 상황인 것이다.

"부족한 제 여식을 어여삐 보아주시고 거기다 고절한 무공까지도 가르쳐 주신다는데, 저야 그저 감사할 따름입니다."

진가오가 그렇게 승낙을 했고 천풍은 지체 않고 항아를 데리고 현천문으로 돌아왔다.

항아를 현천문으로 데리고 온 천풍은 그날부터 줄곧 그녀와 같이 붙어 지냈다.

현천문을 안내하고 사람들을 소개하고 무공을 가르쳐주고…… 그 모든 걸 천풍이 직접 살피니 현천문 문도들 사이에서 이상한 소문이 돌기도 했지만 그런 것은 신경도 쓰지 않았다.

그렇게 항아와 같이 시간을 보내던 중이었다.

이것저것 가르쳐 주던 중에 문득 생각이 나서 항아를 풍천에게도 데리고 갔다. 보기에는 볼품없지만 그래도 명색이 천하제일의 준마였다.

자랑삼아 항아에게 보여준 것인데, 항아의 반응이 생각했던 것과는 달랐다.

"이 말…… 저도 알아요."

항아의 말에 천풍이 의아해하며 반문했다.

"안다고요?"

"네. 예전에 어떤 노인분이 이 말을 타고 진가장에 온 적이 있었어요."

천풍이 짐작 가는 바가 있어서 급히 물었다.

"노인분이라면……?"

"이름은 몰라요. 그냥 신선 같은 분이셨어요. 머리는 하얗고 눈썹도, 수염도 하얗고 옷도 하얗고…… 그렇게 신선처럼 생기신 분이 타고 다니기에는 너무 안 어울리는 말이어서 분명히 기억하고 있어요.”

아니나 다를까, 그가 예전에 만났던 풍천의 원래 주인과 똑같은 인상착의였다.

“한데, 그분이 진가장엔 왜 오셨습니까?”

“사람을 찾는다고 했어요.”

“사람이라면?”

“제 오라버니요.”

“……?”

“제겐 제가 태어나기도 전에 어느 스님께 맡겨진 오라버니가 한 분 계세요. 그 노인분께서 찾으신 건 바로 제 오라버니셨어요.”

천풍이 의아히 고개를 갸웃거렸다.

노인은 분명 풍천의 원래 주인일 것이다.

그가 대체 왜 자신을 찾은 것일까?

‘풍천을 통해 만나기 전에는 나랑 일면식도 없는 사이였는데…….’

그런 노인이 대체 어떻게 자신을 알고 무슨 이유로 진가장까지 찾아왔던 것일까?

“그 때가 정확히 언제였습니까?”

"사, 오 년 전쯤일 거예요."

사, 오 년 전이라면 현야와 함께 현천사에 머물던 때이니 역시 노인을 만나기 전의 일이다.

"그 노인분께선 소저의 오라버니를 어떻게 아신다 하셨습니까?"

"그건 저도 잘 몰라요. 다만, 제 오라버니가 천극의 상이 맞냐고 묻긴 했어요. 제 오라버니가 천극의 상을 타고났거든요. 무공을 익힐 수 없는 체질이래요. 어릴 적에 집을 떠나셨던 것도 그래서였고요."

'천극의 상…….'

자연스레 한 인물이 떠올랐다.

신비살수 현천.

현천이 타고 다녔다던 천하제일의 준마 도려를 주고 현천과 같은 체질인 천극의 상을 찾았다.

분명 신비살수 현천과 어떤 관계가 있는 것이 틀림없다. 그것 말고는 아무런 끈도 연관도 없는 사람이었다.

"그래서…… 노인분께는 뭐라고 하셨습니까?"

"저희 오라버니를 데려간 분이 황산사라는 절의 주지분이셨대요. 그래서 그렇게 말씀을 드리긴 했는데, 저도 제 오라버니의 소식이 궁금해서 나중에 알아보니 황산사라는 절은 이미 오래 전에 문을 닫았다고 해요."

천풍은 다시 한 번 확신을 했다.

'역시 풍천을 만났던 것부터가 우연이 아니었군.'

황산사에서부터 자신의 뒤를 추적이라도 했던 것이 틀림없었다.

천하제일의 명마라는 풍천을 자신에게 맡긴 것도 뭔가 그가 알지 못하는 어떤 속내가 있는 것이다.

생각이 거기에까지 미치자 새삼스럽게 풍천을 다시 보게 되는 천풍이다.

정체 모를 노인과 이 시건방진 말은 대체 무슨 꿍꿍이속일까? 신비살수 현천과는 무슨 관계이며 대체 무슨 목적으로 자신에게 접근한 것일까?

하지만 그러한 의구심은 마사 안으로 급하게 달려 들어온 관여락으로 인해 금세 머릿속에서 지워지고 말았다.

"문주님. 무림맹이 또다시 흑지의 공격을 받았다고 합니다!"

"예? 그게 무슨 말입니까?"

"천문 지부에 이어 이번엔 홍안 지부가 흑지의 비신대에 몰살을 당했다는 소식입니다."

"그게 무슨…… 비신대는 본진이 있는 사천으로 돌아갔다고 하지 않았습니까?"

"천문 지부의 변이 있고 무림맹에서 호북 땅을 샅샅이

다 뒤졌지만 그 흔적조차 발견되지 않았고 그래서 무림맹 자체적으로 그렇게 결론을 짓긴 했습니다만, 알려진 것과는 달리 비신대는 사천의 흑지 본진으로 돌아간 게 아니라 지금까지 호북 땅 어딘가에 숨어서 기회를 노리고 있었던 것 같습니다."

"이해가 가지 않는군요. 천문 지부를 공격한 비신대의 수는 대략 이천으로 알고 있는데, 그런 대병력이 무림맹의 감시를 벗어나 여전히 호북 땅에 숨어 있었다는 말입니까?"

"하룻밤 사이 도문을 멸문시켜버린 자들입니다. 흩어져 몸을 숨기기로 작정을 하면 찾기가 쉽지 않을 겁니다. 더구나 설마하니 그들이 용담호혈인 그곳에 아직 몸을 숨기고 있을 줄을 누가 짐작이나 했겠습니까?"

"흠…… 그렇긴 하군요. 그들이 이렇게까지 대담하게 나올 줄을 무림맹도 미처 짐작 못 했을 테죠."

"예. 아무튼 그 일로 지금 무림맹은 물론이고 중원 무림 전체가 광분해 있는 상태입니다. 당장에라도 흑지와의 전면전을 시작해야 한다며 한목소리로 외쳐대고 있는 실정입니다."

"그럼 곧 무림맹에서 흑지와의 전면전을 선포할 수도 있겠군요."

"그건 아직 모르는 일입니다."

"왜요? 천문 지부에 이어서 홍안 지부까지 몰살을 당한 상황이고 전면전에 대한 중원 무림의 공론이 그만큼 높아졌다면, 무림맹으로서도 전면전을 선포하는 것 말고는 달리 선택할 수 있는 방법이 없지 않습니까?"

"하지만 전면전을 위해서는 반드시 사전에 갖춰야 할 것이 하나가 있습니다."

"그게 뭐죠?"

"현천문입니다."

"……."

"본문을 다시 무림맹에 합류시키지 않고서는 결코 흑지와의 전면전을 선포하지 못할 것입니다. 무림맹의 힘만으로는 흑지와의 전면전을 감당할 수 없기도 하거니와 무림인들의 사기에도 절대적인 영향을 미치기 때문입니다. 중원 무림이 흑지와의 전면전을 한목소리로 외쳐댈 수 있는 것도 결국 현천문과 문주님에 대한 믿음과 기대가 있기에 가능한 것이니까요."

"그러니까 부문주님의 말씀은, 전면전의 열쇠를 쥐고 있는 건 우리 현천문이란 말씀이군요."

"예, 그렇습니다. 당금 중원 무림의 운명이 문주님의 일언에 달려 있는 겁니다. 그리고 이는 현 무림맹 집행부가 누구보다도 더 잘 알고 있을 겁니다. 그들에겐 그야말로 발등에 불이 떨어진 격입니다. 지금과 같은 민감한 시기에 만일 본문에서 무림맹 탈맹 소식을 공표한다면 흑지와의 전면전은 고사하고 무림맹의 근간마저 흔들릴 수도 있을 테니 말입니다."

관여락이 강 건너 불구경하듯 짓궂게 미소를 지어 보였다.

그도 그럴 것이 천오백 현천문도가 무림맹의 잘못된 지휘로 목숨을 잃었다. 관여락이라고 무림맹에 대한 감정이 좋을 리가 없는 것이다.

*　　*　　*

안휘와 하남 무림의 동도들이 무림맹에 고한다.

변방의 적도들이 중원을 침범한 이래 중원 무림의 무수한 생령들이 아까운 목숨을 잃어가고 있는바, 도를 넘은 흑지 비사천문의 패악을 더는 좌시할 수가 없다. 이에 뇌정문, 팔비문, 혼천방, 만운장, 검산파를 비롯한 안휘와 하남의 일흔여섯 개 문파는 무림맹에 흑지 비사천문과의 전면전을 강력히 촉구하는 바이다!

콰직—!

각지에서 올라온, 흑지와의 전면전을 촉구하는 성명서를 한 장 한 장 읽어가던 홍유가 끝내 짜증을 이기지 못하고 성명서를 구겨 던졌다.

"대체 나더러 어쩌라는 거야? 누군 속이 좋아서 참고 있는 줄 아냐고!"

홍안 지부의 참화를 접했을 때, 그 역시 들끓는 살기를 주체하기 힘들 만큼 흑지에 분노했다. 마음 같았으면 벌써 전면전을 선포해서 흑지라면 씨 하나 남기지 않고 깡그리 몰살시켜 버렸을 것이다. 하지만 안타깝게도 작금의 무림맹에는 그럴 만한 힘이 없었다. 하물며 지금 중원 무림이 철석같이 믿고 있는 현천문과 파천대성은 더 이상 무림맹 소속도 아니었다.

어떻게든 외부로 새어 나가지 않게 입단속을 하고 있지만, 만일 현천문의 무림맹 탈맹 소식이 세상에 알려진다면 그때는 흑지가 문제가 아니라 중원 무림 내부에서부터 걷잡을 수 없는 폭풍이 불어닥칠 수도 있었다.

지금껏 현천문의 탈맹 사실을 공표하지 않은 것도 그 때문이었다. 그나마 다행인 것은 그래도 무림맹의 입장을 십

분 고려해준 것인지 현천문 쪽에선 아직 공식적인 탈맹 선언을 하지 않고 있다는 것이었다.

사실 처음의 계획은 시간을 두고 파천대성을 설득하자는 생각이었다. 급하게 서두르다 보면 괜히 현천문의 감정만 상하게 할 수도 있다는 판단하에, 현천문의 화가 가라앉기를 기다려 무림맹 탈맹을 번복게 하려고 했었다.

그런데 뜻하지 않게 천문 지부와 홍안 지부가 흑지의 손에 몰살을 당해버린 것이다.

더는 미적댈 수가 없었다.

그럴 시간이 없었다.

이미 손을 쓸 수가 없을 만큼 무림인들의 감정은 격해질 대로 격해져 있었다.

홍유는 고심 끝에 결국 결심을 세우고 그의 사형이자 장문인이고 또한 무림맹주인 복마검 탁종도를 찾아갔다.

"그래서 어떻게 하겠다는 건가?"

지금까지 어떤 상황에서도 무림맹주로서의 위엄을 잃지 않던 탁종도였건만 지금 그의 얼굴에선 그런 위엄은 좀처럼 찾을 수가 없었다.

그만큼 사태가 심각하다는 뜻이었다.

탁종도의 근심에 찬 물음에 홍유가 최대한 냉정한 어조

로 대답했다.

“시간을 끌 수 있는 상황이 아닙니다. 한시가 급합니다. 서둘러 현천문으로 사람을 보내야 합니다.”

“허나, 무턱대고 사람을 보낸다고 해서 한번 틀어진 현천문주의 마음이 돌아서겠는가?”

생각하면 정말이지 답답한 노릇이었다.

대체 어쩌다가 이 지경이 되어버렸는가 말이다.

아니, 원인이야 알고 있다.

처음부터 끝까지 모든 문제의 중심에는 위서량이 있었다.

사사로운 감정으로 현천문을 사지에 몰아넣은 것으로도 모자라, 어떻게든 수습을 해보라 그렇게 일렀거늘 사태 수습은커녕 괜히 감정만 더 건드려서 탈맹까지 이르게 하고야 말았다. 그 덕분에 지금 무림맹은 그야말로 사면초가의 상황에 빠져버렸다.

‘미욱한 놈!’

형산파의 미래를 책임져야 할 장문제자가 그 모양이라는 게 너무 속이 터졌다. 소림의 혜광, 무당의 진현, 화산의 도진까지……. 다른 구파의 장문제자들은 하나같이 훌륭하게 제 몫을 해내고 있는데 자신의 애제자만 그 모양 그 꼴이니 형산의 미래가 심히 염려스러울 뿐이다.

"제가 직접 현천문주를 만나보겠습니다."

홍유의 말에 탁종도가 흠칫하며 되물었다.

"자네가 직접?"

"일이 이 지경에 이른 것은 제 책임도 큽니다. 제가 눈이 어두워 파천대성의 그릇을 제대로 측량치 못한 탓에 현천문을 홀대한 것이 사실입니다. 그런 만큼 제가 직접 파천대성을 찾아가 사죄를 드리는 것이 파천대성의 마음을 누그러뜨리기에 보다 효과적일 겁니다. 거기에 덧붙여 위 사질도 같이 데려가겠습니다."

"그 아이를?"

탁종도가 눈살을 찌푸렸다.

"현천문주가 그 아이의 얼굴을 마주하게 되면 오히려 역효과만 나지 않겠는가?"

죄를 지은 당사자가 죄를 청하고 용서를 구하는 게 순리긴 하겠지만 그것도 어느 정도여야 했다. 무려 천오백 명의 목숨을 잃게 만들었다. 용서는커녕 화만 더 돋우게 될 가능성이 컸다.

"하지만 위 사질이 직접 죄를 청하지 않고서는 현천문주의 마음을 쉽사리 돌릴 수는 없을 것입니다. 설혹 역효과가 난다고 하더라도 지금으로서는 그 방법뿐입니다."

홍유의 말대로였다.

현천문 천오백 명의 죽음에 있어 가장 큰 책임을 가지고 있는 것이 위서량이었다. 그런 위서량을 쏙 뺀 채 죄를 청하고 용서를 구해봤자 그저 진정 없는 공염불에 지나지 않는다. 진정 없는 공염불로 현천문주의 마음이 돌아설 리가 없었다.

"알겠네. 자네도 알다시피 이건 무림맹뿐만 아니라 중원 무림의 존망이 달린 일인 만큼 무슨 일이 있더라도 현천문주의 마음을 반드시 되돌려야 할 것이네."

"신명을 바쳐 명 받들겠습니다!"

제5장

꿈틀대는 무림삼분계

"대체 왜 나까지 거길 가야 하는 거냐고!"

홍유로부터 그 소식을 전해 들은 위서량은 그야말로 울상이 되어 있었다.

가기 싫었다.

도무지 천풍의 얼굴을 다시 볼 용기가 나지 않았다.

도살장에 끌려가는 소인들 지금 자신의 마음보다는 편할 듯했다.

"그 악귀 같은 놈을 다시 볼 바에야 차라리 형산파로 돌아가 십 년 폐관을 하는 게 낫지."

그냥 하는 말이 아니었다.

둘 중 하나를 선택할 권한만 있다면 그는 조금도 망설이지 않고 바로 십 년 폐관을 택할 것이었다. 하지만 안타깝게도 그에겐 그럴 권한마저도 없었다.

남녕에 가기 전까지만 하더라도 무림맹은 그의 세상이었다.

그 안의 모든 것이 그를 중심으로 돌았고 그를 향한 사람들의 눈에는 항상 선망과 동경만이 가득했었다.

그런데 남녕에서의 일이 있고, 불호령과도 같은 탁종도의 명에 따라 무림맹으로 복귀하고 보니 세상은 변해 있었다.

무림맹 안 그 누구도 전과 같은 선망과 동경의 눈빛을 보내오는 자가 없었다. 선망과 동경은 고사하고 그의 오판으로 빚어진 현천문도들의 희생에 대한 경멸과 질타의 시선만이 가득했다.

더구나 그의 유일한 버팀목이라 할 수 있는 탁종도마저 지금껏 단 한 번도 보지 못한 차가운 눈빛을 하고 있었다.

완전히 눈 밖에 난 것이 틀림없었다.

어쩌면 장문제자로서의 지위까지도 잃을지 모른다는 절망감을 맛보아야 했다.

그럼에도 지금처럼 눈앞이 암담하지는 않았다.

용궐에서 보았던 천풍의 악귀 같은 모습을 떠올리는 것

만으로도 오금이 저려서 제대로 서 있기조차 힘든 판국인데 그와 직접 얼굴까지 대면해야 한다니, 그것도 굳이 지난 일을 들먹이며 애써 눌러놓고 있는 천풍의 분노를 다시금 끄집어내야 한다니 이건 정말이지 죽기보다 싫은 임무였다.

"그냥 파문이나 해버릴까? 형산파고 뭐고 간에 어디 깊은 산에 들어가서 사냥꾼이나 되는 게 낫지 않을까?"

그런 생각마저 해보지만 그에겐 파문제자가 될 만큼의 용기도 없었다.

그렇게 죽기보다 싫은 길을 홍유와 더불어 떠나게 된 위서량이다.

서호로 향하는 발걸음이 천근만근 무거운 거야 두말할 것도 없다. 그런 그의 발걸음을 더욱 무겁게 만드는 것은 서호까지 가는 내내 듣게 되는 천풍에 대한 무림인들의 기대였다.

"파천대성이 있는데 뭐가 걱정인가? 흑지 정도는 일수에 죄다 요절을 내 버릴 것이야!"

"암! 그렇고말고! 이제야말로 천하의 개잡놈들을 말끔히 쓸어버릴 때지! 파천대성이 선봉에 서면 도제 그 노망난 늙은이도 힘 한번 제대로 못 써보고 꽁지가 빠져라 도망가기 바쁠걸?"

파천대성에 대한 무림인들의 기대가 그와 같은데 자신으

로 인해 파천대성이 무림맹을 떠났다는 소식을 접하게 되면 그 원망과 비난이 어떻겠는가?

천풍을 만나자니 눈앞이 암담하고 그렇다고 이대로 걸음을 돌리자니 뒷감당이 되지 않는다.

'하아…….'

그저 나오는 건 한숨뿐이다.

그건 홍유도 마찬가지였다.

명색이 무림맹의 총관 신분이었다.

적어도 무림맹에서만큼은 맹주 탁종도에 이어 실질적인 이인자인 그였다. 아니, 그걸 떠나서 대형산파의 장로였다.

'그런 내가 새파란 일개 군소문파의 애송이에게 머리나 숙이러 가야 한다니…….'

단지 머리를 숙이는 걸로 끝나면 다행이다. 때에 따라서는 천풍의 바짓가랑이라도 부여잡고 애걸을 해야 할지도 몰랐다.

그러니 현천문으로 가겠다고 스스로 자청한 걸음이지만 속마음까지 기꺼울 리가 없는 것이다.

자연스레 모든 원망은 위서량에게로 향하게 된다.

'한심한 위인! 저 한심한 위인이 싸질러 놓은 똥을 왜 내가 대신 치워야 하는지…….'

모든 게 마음에 안 들었다.

위서량이 저질러 놓은 일도, 그리해 그 똥을 치워야 하는 현실도, 풀 죽어 고개를 푹 숙이고 있는 맥 빠진 모습도…….

한심한 위인의 더 한심한 모습을 보고 있자니 당면한 현실이 마음을 더욱 답답하게 했다.

'하아…… 대체 무슨 수로 파천대성 그자의 마음을 돌린단 말인가?'

사실 그동안 시도를 안 해 본 것이 아니었다.

사절을 보내 알랑방귀도 뀌어봤고 값비싼 선물로 아양을 떨어보기도 했다. 하지만 돌아오는 것은 그저 차가운 냉대뿐이었다.

돌처럼 단단하고 얼음처럼 차갑게 변해버린 천풍의 마음이었다.

과연 그와 위서량이 그 앞에 머리를 조아린다고 해서 차갑게 얼어버린 마음이 풀어질는지, 아무리 긍정적으로 생각해보려고 해도 부정적인 그림들만 그려질 뿐이었다.

'쩝. 누굴 탓하랴…… 다 자업자득인 것을.'

위서량만 원망할 일이 아니다.

오히려 눈이 어두운 걸로 따지면 위서량보다 더한 것이 자신이었다. 무당의 해명과 화산의 도진이 그렇게나 언질을 줬는데도 선입견에 사로잡혀서 용을 뱀으로 보았고 호랑이를 고양이로 판단하지 않았는가 말이다.

돌이켜보면 격세지감마저 느껴진다.

일개 하오문의 잡문파로만 알았던 현천문이 작금에는 강남 무림의 패주가 되었다. 일개 하오문의 잡졸로만 알았던 천풍이 지금은 파천대성이라는 큰 이름을 얻고 천하영웅의 반열에 올랐다.

들리는 소식들에 의하면 이미 강남 무림의 크고 작은 군소 방파들이 죄다 현천문 앞에 머리를 조아렸다고 한다. 심지어 마황성마저 스스로 현천문에 손을 내밀었다고도 한다. 이젠 명실상부 무림사세의 일원이 된 것은 물론이고 검문을 넘어 구대문파의 지위까지 위협하고 있었다.

어디 그뿐이랴. 그렇잖아도 무섭게 성장하던 상단이 더욱 탄력을 받아 급기야 대륙 상권의 팔 할을 집어삼켰다는 소식까지 들렸다.

인정하고 싶지 않지만 현천문 하나가 이미 무림맹과 어깨를 견줄 만큼 거대해져 버린 것이다.

'그러니만큼 흑지와의 전면전에 빠져서는 안 되는 거지만…….'

그렇기에 어떠한 일이 있어도 반드시 천풍을 설득시켜야만 한다.

그것만이 중원 무림이 살고 무림맹이 살고 또한 형산파

가 사는 길이었다.

'그래. 남녕에서 그런 불미스런 일이 있었다고는 하지만, 그래서 무림맹에 대해 좋은 감정이 아니라지만 어차피 그도 결국은 중원인이 아니던가. 무림맹이 싫다고 해서 그 핏줄마저 부정할 수는 없는 일이지.'

중원인으로 태어나 중원에서 살아온 이상, 백척간두의 위기에 내몰린 중원 무림을 매몰차게 외면하지는 못할 것이다.

사실 그게 홍유가 믿는 단 하나의 희망이기도 했다.

'암! 중원인이라면 대의를 위해 개인의 사사로운 감정 따위는 묻어두는 것이 진정한 사내의 도리인 거지!'

*　　　*　　　*

천풍은 중원 무림을 위해 힘을 빌려달라는 홍유의 말에 어이가 없다 못해 기가 찰 지경이었다.

"지금 대의라 하셨습니까?"

대의를 위해 묵은 감정은 잠시 접어두자고 한다.

천오백 명이 억울하게 목숨을 잃은 일이다. 이를 고작 묵은 감정으로 치부하다니?

자신이 잘못 들은 것은 아닌지 심히 의심스럽기까지 했

다.

더구나 이런 어처구니없는 말을 하면서 저토록 당당한 태도는 대체 뭐란 말인가?

아랫사람 대하듯 보는 저 오만한 눈빛은 또 뭐란 말인가?

'하나도 달라진 것이 없군.'

처음 홍유를 만났을 때, 그때 그를 보던 눈빛이 딱 이랬다.

무림맹에 들었을 때, 현천문도들을 대하던 태도가 또한 딱 이랬다.

어디까지나 사과를 하고 용서를 구하러 온 걸음이었을진대 하나도 변한 것이 없다.

예전 같았으면 그냥 모른 척 넘어갔을 것이다.

으레 그러려니 하고 신경도 쓰지 않았을 것이다.

하지만 지금은 그러고 싶지 않았다.

죽은 천오백 명의 주검들 앞에서, 그리고 피눈물로 통곡을 하던 그들의 부모형제들 앞에서 다짐한 것이 있었다.

'두 번 다시는 그 누구도 내 허락 없이 내 형제들을 사지로 내몰게 하지 않을 것이다!'

그러자면 강해져야 했다.

아니, 강하다는 것을 보여줘야 했다.

위서량이 감히 현천문도들을 그렇게 칼받이로 내몰 수 있었던 것도 결국 현천문을, 그리고 천풍을 하찮게 보았기 때문이 아니던가.

참지 않는다.

무시를 당하지도 않는다.

받은 만큼 돌려주고, 그리해 그 누구도 현천문을 얕잡아 보게 하지 않을 것이다.

"우리 현천문은 무림맹으로부터 현천문 문도들의 죽음에 대해 아직 그 어떤 사과도 받지 못했습니다. 다시 말해 우리 형제들의 죽음은 아직 우리에겐 현실이지 묵은 감정이 아니라는 말씀입니다."

"물론 현천문의 심정이 어떠한지는 너무도 잘 알고 있소이다만……."

"잘 알고 있다구요? 하! 우리의 심정을 잘 알고 있다면 결코 내 앞에서 대의부터 입에 담지는 않았을 겁니다. 나는 홍 총관께서 본문을 찾아오신다기에 남녕에서의 참사에 대해 정식으로 사과의 뜻을 전하러 오는 거라 생각했습니다. 그런데 그게 아니었던 모양입니다."

"무, 물론 그 일에 대해선 무림맹도 심히 유감스러워하고 있소이다. 우리가 오늘 이렇게 현천문을 찾아온 목적 중의 하나도 현천문에 사죄와 용서를……."

“사죄가 목적 중 하나라고요? 오직 그 하나의 목적으로 왔다 해도 우리의 상처를 달래기엔 턱없이 부족할진대, 고작 겸사겸사라는 말씀입니까?”

“아니, 그게 아니라 제 말은…….”

“됐습니다. 더 들어볼 것도 없습니다.”

천풍이 긴말 필요 없다는 듯 손을 휘휘 내젓자, 천풍이 이렇게까지 매몰차게 나올 줄은 미처 생각 못 했던 홍유는 심히 당황한 표정으로 어찌할 바를 몰라했다.

천풍은 그런 홍유를 보며 한층 더 냉랭하게 말했다.

“이미 무림맹에 수차례 통보를 드렸습니다만, 아직도 저희의 뜻이 제대로 전해지지 않은 듯하여 다시 한 번 분명히 말씀드리겠습니다. 현천문은 그 어떤 이유로도 무림맹과 얽히는 것을 원치 않습니다. 무림맹으로 복귀하는 일은 결단코 없을 것이며 혹지 비사천문의 일로 무림맹과 손을 잡는 일 또한 결단코 없을 것입니다. 더불어 본문의 무림맹 탈맹이 아직 공표되지 않고 있는데, 지금까지는 무림맹의 입장을 생각해서 무림맹이 먼저 그 사실을 세상에 알릴 때까지는 함구할 요량이었지만 더는 그럴 필요를 느끼지 못하는바, 무림맹에서 끝까지 입을 다물고 있겠다면 더는 기다리지 않고 앞으로 한 달 후 현천문의 이름으로 그 사실을 세상에 공표할 것입니다!”

천풍의 말은 홍유에게 있어서 청천벽력이나 마찬가지였다.

이건 그야말로 혹 떼러 왔다가 혹을 하나 더 붙인 격이었다.

홍유는 그제야 아차 싶었다.

자신의 태도가 잘못되었다는 것도 그제야 깨달았다.

'이러려고 온 것이 아닌데…….'

그야말로 지렁이처럼 천풍의 발바닥 밑을 길 각오를 하고 온 걸음이었다. 그런데 여기까지 오는 동안 그런 각오가 옅어져버렸다.

천풍도 중원인인 이상 대의와 명분 앞에선 어쩌지 못할 거라는 안일한 생각이 처음의 각오를 흐트러뜨린 것이다.

그런 상황에서 천풍을 만나 과거와 다를 바 없는 그 어수룩한 모습을 대하니, 과거에 천풍을 대하던 습관마저 저도 모르게 나와 버린 것이었다.

'이런 어처구니없는 실수를…….'

자책감이 밀려왔다.

정신이 번쩍 들었다.

자신의 위치를 새삼 깨닫게 된 홍유의 눈에 그제야 천풍의 모습이 제대로 보였다.

달라졌다.

차갑게 그를 쏘아보는 천풍은 무림맹에서 그에게 괄시나 받던 그런 하오문 잡졸이 아니었다. 훨씬 크고 무거운, 시대의 거인이 되어 있었다. 은연중 풍겨나는 기운도 일대종사의 그것과 닮아 있었다.

'달라진 것이 아니다.'

원래부터 거인이었다.

단지 자신의 눈이 어두워 미처 알아보지 못했을 뿐이다.

천풍의 모습이 제대로 보이니 자신의 입장도 자신의 위치도 자신의 태도도 새삼 더 선명하게 와닿았다.

'이대로라면 무림맹이 무너진다!'

무림맹만이 아니다. 형산파마저 중원에서 설 땅을 잃게 된다.

그리되면 무림맹 총관이라는 허울, 형산파 장로라는 허명이 다 무슨 소용이란 말인가?

지금은 한 푼도 되지 않는 자존심 따위를 챙기고 있을 때가 아니었다. 그딴 걸 챙기려고 달려온 걸음이 아니었다.

자신의 실수를 만회해야 했다. 무슨 수를 써서라도 천풍의 마음을 돌리는 게 최우선이었다. 그러자면 방법은 하나밖에 없었다.

털썩.

홍유는 천풍 앞에 무릎을 꿇었다.

"이게 무슨……."

천풍이 당황한 얼굴을 하자 홍유는 아예 이마가 땅에 닿도록 부복까지 해버렸다.

"무림맹의 잘못된 판단으로 억울하게 죽음을 당한 귀 문의 형제들과 그 식솔들에 대한 책임은 반드시 무림맹이 지겠소이다. 귀 문에서 원하는 것이라면 무림맹은 모든 힘을 다할 것이고, 그것이 설혹 무림맹의 근간을 흔드는 일일지라도 마다하지 않을 것임을 약속드리겠소이다. 그러니 중원 무림을 위해 이번 한 번만 문주께서 마음을 크게 써주시오. 파천대성이 없이는 중원 무림은 사분오열되어 수만의 목숨이 흑지의 창칼 아래 짓밟히게 될 것인즉, 부디 문주께서 대의로서 무림맹에 힘을 보태주시오!"

홍유가 또다시 그 입에 대의를 담았다.

하지만 조금 전과는 느낌이 사뭇 달랐다.

피를 토하듯 토해내는 대의 그 두 글자가 가슴 저 깊은 곳을 울려댔다.

아무리 마음을 굳게 먹은 천풍이지만 나이도 신분도 지위도 내팽개친 채 자신의 앞에 머리를 조아리고 있는 홍유의 그 뜨거운 목소리에는 마냥 냉정할 수가 없었다.

그렇게 천풍이 흔들리는 듯한 반응을 보이자 그때를 놓치지 않고 홍유가 위서량을 보았다.

"무엇 하느냐! 문주께 어서 죄를 청하지 않고!"

그동안 혹여 천풍과 눈이라도 마주칠까 좌불안석이 되어서는 숨조차 제대로 쉬지 못하고 있던 위서량이다. 그런 와중에도 그 역시 홍유의 느닷없는 부복에 상당히 충격을 받은 상태였다.

하늘과도 같은 사문의 어른이었다.

자존감이 높기로는 형산 제일이라는 홍유가 손자뻘밖에 되지 않을 천풍의 발아래 엎드렸으니 그야말로 망치로 머리라도 한 대 얻어맞은 듯한 기분이었다.

그렇게 멍한 상황에서 홍유의 추상과도 같은 명이 떨어지자 뭔가 뜨거운 것이 울컥 목구멍을 치밀어 올랐다.

그게 분노인지 아니면 억울함인지, 그도 아니면 자괴감인지는 알 수 없었다. 분명한 것은 지금 눈앞에 펼쳐진 이 상황이 속이 메슥거릴 정도로 싫다는 것이었다.

그럼에도 홍유를 이런 상황에까지 내몰리게 만든 천풍에 대해서는 화가 나지 않았다. 아니, 화를 낼 수가 없었다. 화를 내긴커녕 여전히 눈 한 번 맞출 수가 없을 만큼 천풍은 무섭고 두려운 존재였다.

지금 위서량을 지배하고 있는 생각은 그저 이 자리를 얼른 벗어나고 싶다는 일념뿐이었다.

그때 다시 홍유의 불호령이 떨어졌다.

"뭣 하느냐니까!"

다시 뜨거운 것이 목구멍을 타고 올랐다.

이번엔 자신의 감정을 확실히 알 수 있었다.

그건 설움이었다.

형산파의 미래라며 세상의 선망을 받던 자신이 대체 어쩌다가 이런 비참한 처지가 되었는지 지금 이 순간에도 이 모든 게 그저 악몽같이만 느껴졌다.

하지만 이미 한 줌 가치도 없는 자존심이야 버린 지 오래다.

이것이 꿈이든 현실이든 간에 그가 할 수 있는 것은 홍유를 따라 천풍 앞에 무릎을 꿇는 것뿐이다.

이윽고 위서량이 천풍 앞에 무릎을 꿇었다.

"제가 무능하여 귀 문에 목숨으로도 갚을 수 없는 큰 죄를 지었습니다! 소인 위서량, 이 자리를 빌려 문주께 죄를 청합니다!"

쿵!

머리를 땅에 찧었다.

쿵!

살갗이 벗겨지고,

쿵!

그 자리에 피가 묻어났다.

그것은 피가 아니라 설움이었다.

또한 원망이었다.

자신을 이런 굴욕으로 내몬 현실에 대한 원망이었고 스승 탁종도의 차갑던 눈빛에 대한 원망이었으며, 이런 상황에서조차 천풍과 여전히 눈 하나 마주치지 못하는 용기 없는 자신에 대한 원망이었다.

위서량의 그 같은 행동은 홍유도 예상 못 한 것이었다. 그래서 그 얼굴에도 당황한 빛이 역력했다. 하지만 그런 중에도 자신의 임무를 잊지 않고 천풍에게 간청했다.

"문주! 위 사질이 이렇게 진심으로 죄를 뉘우치고 있으니 부디 넓으신 아량으로 용서를 해주시오. 그리고 더 나아가 중원 무림의 안위를 생각하시어 무림맹의 대의에 동참해주시오. 무림맹의 힘만으로 흑지의 칼날을 막기에는 역부족한 것이 사실이고, 그리해 무림맹이 무너지면 흑지의 칼날은 이윽고 강남 무림으로 향하게 될 것인즉, 그리되면 현천문을 비롯한 강남 무림 또한 안전을 장담할 수 없지 않소이까?"

위서량의 돌발적인 행동도 천풍의 마음을 흔들었고 홍유의 말도 충분한 설득력을 가지고 있었다. 하지만 그럼에도 천풍의 결심은 달라지지 않았다. 무엇보다 다시 무림맹으로 복귀할 마음이 추호도 없었다.

천풍은 잠깐의 흔들림을 애써 감추고는 그들로부터 냉정히 고개를 돌려버렸다.

천풍이 그렇게 축객령 아닌 축객령을 내렸지만 홍유와 위서량은 땅에 뿌리라도 박은 듯이 꼼짝을 하지 않았다. 어차피 이런 반응이야 이미 각오를 하고 온 걸음이었다. 천풍에게서 납득할 만한 대답이 있기 전까지는 호북성으로 다시 돌아가지 않을 작정이었다.

냉정히 등을 돌린 천풍과 그럼에도 바닥에 엎드려 바윗덩이처럼 굳어버린 홍유와 위서량.

그동안 아무 말 없이 지켜만 보던 관여락이 처음으로 입을 연 것이 바로 그때였다.

"그럼 이렇게 하는 것이 어떻겠습니까?"

순간, 모두의 시선이 일제히 관여락에게로 향했다.

그렇게 모두의 시선을 한 몸에 받은 관여락이 입가에 옅은 미소 한 자락을 걸고는 말을 이었다.

"홍 총관님의 말씀대로 흑지는 비단 무림맹만의 적은 아닙니다. 무림맹이 무너지면 그다음으로 흑지의 칼끝이 향할 곳은 당연히 본문을 비롯한 강남 무림이 될 테죠."

"바로 그렇소이다. 그러니……."

홍유가 옳다구나 하며 뭐라 말을 덧붙이려 하자 관여락이 휘휘 손을 내저으며 말을 이었다.

"허나, 지금 현재 저희 문주님의 결심은 너무도 확고합니다. 무림맹 탈맹을 번복할 일은 절대로 없을 거란 말씀입니다. 그건 비단 문주님만의 생각이 아닙니다. 동문의 형제들을 그렇게 참담히 잃어버린 본문 형제들 모두의 뜻이 바로 그와 같습니다. 그건 말 몇 마디의 사과로 무마될 마음이 아니죠."

"……."

"흑지라는 강력하고 무서운 적을 눈앞에 두고 중원 무림의 힘이 분열되어서는 안 됩니다. 그렇지만 본문의 무림맹 탈맹 또한 가볍게 되돌릴 수 있는 일이 아닙니다."

"그래서 어떻게 하자는 것이오?"

"이 시점에서 본문의 무림맹 복귀는 시기상조입니다. 허나, 무림맹과의 한시적 공조라면 안 될 것도 없지 않겠습니까?"

"공조라니? 설마 동맹이라도 맺자는 것이오?"

"동맹이든 뭐든 흑지를 몰아낼 때까지의 한시적 공조라면 본문의 형제들도 납득할 수 있을 것입니다."

그렇게 말을 마친 관여락은 입가에 한층 더 짙은 미소를 떠올렸다.

그런 관여락을 보는 홍유는 터무니없다는 얼굴이었다.

반대로 지금까지 냉소로 일관했던 천풍은 그 같은 제안

에는 별다른 반대의 빛을 내비치지 않았다. 아니, 반대는커녕 조금은 들떠 보이기까지 했다.

그도 그럴 것이 무림맹과의 공조라는 것은 현천문을 무림맹과 같은 위치에 둔다는 뜻이었다.

수백 개의 군소 방파는 물론이고 형식적으로나마 구대문파조차 그 하부조직에 지나지 않는 무림맹이다. 그런 무림맹과 동맹자의 위치에 선다는 것은 현천문이 무림사세 그 이상의 지위로 격상된다는 의미였다.

무림삼분계.

언젠가 이진하로부터 들었던 그 말이 지금 이 순간 그대로 현실이 되려 하고 있는 것이다.

이젠 뜨거운 시선을 보내는 것은 홍유가 아니라 천풍이었다.

천풍이 홍유에게 뜨거운 시선을 던지며 대답을 재촉하고 있었다.

'이게 대체…….'

모든 것이 예상대로 흘러가던 중에 돌연 상황이 전혀 예상하지 못한 방향으로 급선회를 해버렸다.

'무림맹과의 동맹이라니…….'

아무리 중원 무림의 대세로 떠오른 현천문이라고 하더라도 어떻게 일개 문파를 무림맹과 같은 위치에 서게 할 수 있겠는가.

그건 소림도, 무당도, 마황성도, 검문도 감히 하지 못할 무리하고 무례한 요구였다. 하지만, 버럭 화라도 내야 마땅한 이 상황에 홍유는 꿀 먹은 벙어리가 되어 있었다.

물론 터무니없는 요구다.

일고의 가치조차 없는 일이었다.

그럼에도 꿀 먹은 벙어리로 아무 반발도 하지 못하는 것은 작금의 무림맹에겐 이를 질책하고 거부할 만한 힘이 없기 때문이었다.

여기서 무림맹의 명예와 자존감을 찾고자 하면 현천문을 잃게 된다.

현천문을 잃게 되면 무림맹은 백척간두의 위기에 내몰리고 만다. 그의 말 한마디에 중원 무림의 존망이 걸려 있는 것이다.

"어떻습니까? 이것이 본문으로서는 양보해드릴 수 있는 최대치입니다만……."

'양보…….'

어처구니가 없다.

단일 문파로 무림맹과 나란히 서겠다는 것은 곧 현천문을 천하제일문파로 인정하라는 것이나 다름없었다. 그런 터무니없는 요구를 해대면서 양보라니?

정말 마음 같아서는 욕이라도 한바탕 퍼부어주고 싶은 심정이었다. 하지만 역시 지금 칼자루를 쥐고 있는 것은 현천문이었다. 칼자루를 쥔 상대 앞에서 논리나 따지고 들 만큼 홍유는 감정적인 인간이 아니었다.

"이건 제 독단으로 처리할 만한 사안이 아니로군요. 맹주님께 말씀을 드려보도록 하겠소이다."

일단은 시간을 벌어야 했다.

이 터무니없는 요구를, 아니, 강요를 수락할지 여부를 결정하는 것은 어디까지나 맹주 탁종도의 몫이다.

홍유가 그렇게 말을 하자 천풍이 고개를 끄덕였다.

"관 부문주의 말씀처럼 본문이 양보해드릴 수 있는 것은 여기까지뿐입니다. 모쪼록 본문이 중원 무림을 위해 힘이 될 수 있었으면 좋겠군요."

만일 무림맹이 동맹의 관계를 거부하겠다면 무림맹을 돕는 일은 절대로 없을 거라는 완곡한 표현이었다.

그런 천풍을 보는 홍유의 얼굴은 그야말로 똥 씹은 표정이었다.

*　　*　　*

"부문주께서 그런 제안을 할 줄은 정말 몰랐습니다."

홍유 일행이 돌아가자 천풍이 관여락을 보며 그렇게 말했다.

"제가 너무 주제넘게 나서지나 않았는지 모르겠습니다."

"아뇨. 그렇잖아도 곤란하던 차에 부문주께서 나서주신 덕에 어쨌든 일단 그 사람들의 발길을 돌릴 수가 있었지 않습니까. 다만 무림맹과의 동맹이라니…… 그저 좀 놀랐을 뿐입니다."

"일전에 문주님께서 하신 말씀이 마침 떠올라서 말입니다."

"제가 말한 거라뇨?"

"무림삼분계 말입니다."

"아……."

이진하로부터 들었던 말을 관여락에게도 지나가는 말로 한마디 한 적이 있었다.

"문주님으로부터 처음 그 이야기를 들었을 땐 저도 그저 허무맹랑한 소리로만 생각했었는데 냉정히 현 무림의 정세를 살펴보니 그게 그저 허무맹랑한 소리만은 아니라는 생각이 들더군요. 아니, 어쩌면 마황성주의 말대로 문주님께서 무림맹 탈맹을 선언한 그 순간부터 이미 무림삼분계는 거스를 수 없는 시대의 흐름이 되어버린 것일 수도 있습니다. 무림맹을 탈맹한다는 것은 무림맹의 명을 따르지 않겠다는 뜻이고, 중원 무림이 사상 유래 없을 정도의 강력한 적을 앞에 두고 있는 상황에서 무림맹의 뜻을 따르지 않겠다는 것은 무림맹과의 충돌마저도 감수하겠다는 뜻이 아니겠습니까? 다시 말해 무림맹 탈맹은 무림맹과 적이 되겠다는 선전포고라 해도 결코 과언이 아닙니다. 현천문이 그렇게 무림맹과 척을 지고도 무림에 발을 붙일 수 있는 방법은 무림맹과 동등한 위치에 서는 것뿐이니 문주님의 의지와는 상관없이 무림삼분계는 이미 시작되어버린 것이죠."

무림삼분계가 이미 거스를 수 없는 대세가 되어버린 상황에 마침 무림맹에서 사람이 왔다.

기회라 생각했다.

이 기회에 현천문을 무림맹과 같은 자리로 올려놓는다면, 그것을 다른 누구도 아닌 무림맹의 입으로 공론화시킨다면 현천문은 명실상부 세 개의 하늘 중 하나가 될 수 있다.

"그것으로 끝이 아닙니다. 흑지를 몰아내고 나면 무림은 우리 현천문과 무림맹이 양분하게 될 것입니다. 그리되면……."

관여락의 눈빛이 사뭇 뜨거워졌다.

"그리되면 단일 문파로는 우리 현천문이 단연코 하늘 아래 가장 높은 문파가 될 것입니다!"

천하제일!

그 얼마나 가슴 떨리는 말이던가.

모두가 같은 꿈을 꾸지만, 또한 절대로 닿을 수 없는 신기루가 아니던가.

그런데 지금 그 꿈이, 그 신기루가 너무도 선명하게, 또한 닿을 듯 가까이에 다가와 있었다.

아무리 그런 것에 크게 관심을 두지 않았던 천풍일지라도 지금만큼은 태연할 수가 없었다.

"그래서요? 과연 무림맹이 우리의 요구에 응해주겠습니까?"

그렇게 묻는 목소리마저 살짝 떨려 나오고 있었다.

관여락이 어깨를 으쓱였다.

"그야 저도 모르는 일이죠."

"……."

"하지만 그렇다고 무작정 무시해 버리지는 못할 것입니다."

아무리 선택의 여지가 없는 일이라고 해도 무림맹 입장에서 보면 현천문의 요구는 정말이지 말도 안 되는 것이었다.

쉽게 결정을 내리지는 못할 것이다.

그 전에 철저히 손익을 따져볼 것이다.

"그래도 내기를 건다면 저는 수락 쪽에 걸겠습니다."

굳이 내기를 건다면 천풍 또한 마찬가지다.

그만큼 흑지의 계속된 도발은 무림맹에 큰 위협이 되고 있었다.

하지만 세상일이란 게 항상 뜻하는 대로만 돌아가지는 않는 법이다. 언제든 변수란 것이 생겨나기 마련인 게 또한 세상사다.

천풍의 무림삼분계에도 마찬가지로 그 변수란 놈이 꿈틀거리고 있었다. 그리고 그것은 현천문을 나온 홍유와 위서량이 막 절강성을 벗어났을 무렵에 시작되고 있었다.

제6장

음모, 그리고 비틀리는 무림삼분계

"웬 놈들이냐!"

해가 뉘엿뉘엿 질 무렵이었다.

홍유와 위서량은 여장을 풀기 전에 먼저 강을 건널 배를 알아볼 요량으로 포구 어귀를 서성이던 중이었다. 십여 명의 복면인들이 그런 그들의 앞을 가로막으며 서슬 퍼런 칼날을 번득이고 있었다.

"흑지의 도당들이냐?"

천문 지부와 홍안 지부에 이어서 이젠 직접적으로 무림맹의 핵심인사들을 노리는 것이리라 그렇게 생각했다.

하지만 그렇게 치부하기에는 석연치 않은 구석이 있었다.

이 눈앞의 복면인들이 흑지의 적도들이라면 굳이 복면을 할 이유가 없었다. 천문 지부와 홍안 지부에서 그토록 참혹한 일을 벌이면서도 얼굴을 가리지 않던 그들이 고작 그와 위서량을 노릴 때만 복면을 한다는 건 아무래도 이상한 일이었다.

그리해 재차 추궁을 하려는데,

"쳐라!"

그가 미처 뭐라 하기도 전에 공격부터 해온다.

복면인들의 정체를 캐물을 상황이 아니었다.

흑지의 적도인지 아닌지는 모르지만 적어도 복면인들의 칼은 흑지의 적도만큼 날카롭고 사나운 것만은 확실했다.

'위험하다.'

명색이 형산파의 장로였다. 그리고 위서량 또한 형산 제일의 인재였다. 그런데도 복면인들의 공격을 막아내기가 힘들다. 그들이 진득한 살기를 담아 뿌려대는 일검 일도는 매순간 홍유와 위서량을 위협하고 있었다.

그런 와중이었다.

정신없이 몰아쳐 오는 복면인들의 공격에 거의 일방적인 수세에 몰리며 간신히 버티고 있는 중이었다. 문득 그들의 무공이 어딘지 눈에 익다는 생각이 들었다.

'흑지가 아니다!'

흑지의 무공이 아니었다.

그건 분명 중원의 무공이었다. 그것도 어느 특정한 문파의 것이 아닌, 어디에서나 흔히 접할 수 있는 그런 삼류무공.

"현……천문이냐?"

홍유보다 먼저 상대의 정체를 파악한 것은 위서량이었다.

"현천문이라고?"

"틀림없습니다! 삼류무공 따위로 우리를 위협할 수 있는 자는 천하에 현천문밖에 없습니다!"

어찌 모르겠는가.

용궐에서의 일이 있은 후 숱한 악몽에 시달려왔고 그럴 때마다 그를 가위에 눌리게 했던 것이 바로 저와 같은 현천문의 삼류무공이었다.

'현천문이라니?'

대체 왜 현천문에서 자신들을 노린단 말인가?

"복수입니다! 그자, 파천대성은 아직도 남녕에서의 일을 잊지 않고 있었던 것입니다! 처음부터 화해할 생각 자체가 없었던 것이 분명합니다. 그게 아니라면 애당초 공조니 동맹이니 하며 말도 안 되는 요구를 해오지도 않았을 것입니다!"

지금 위서량은 마치 털을 잔뜩 곤두세운 고양이처럼 흥분해 있었다.

그동안 억눌렸던 공포가 그 실체를 접하고는 폭발하듯 분출되고 있었다. 하지만 그런 위서량과는 달리 홍유는 조금 더 냉정했다.

홍유는 그저 보이는 대로만 판단하지 않았다.

복면인들의 무공은 분명 삼류무공이었고, 독문무공이라고 하기에는 좀 우습지만 현천문을 대표하는 것 또한 삼류무공이었다. 삼류무공으로 구대문파의 장로인 그와 장문제자인 위서량을 위협할 정도의 고수라면 누구라도 가장 먼저 현천문을 떠올릴 터였다. 그럼에도 뭔가 석연치가 않은 것은 그들의 칼끝에 서린 내공이 상당히 무겁다는 것이었다.

그가 알기로 현천문의 삼류무공은 그 안에 담긴 기묘한 변화로 인해 상대하기가 까다로운 것이지, 심후한 내공을 기반으로 하는 무공은 아니라고 알고 있었다. 그런데 지금 이들 복면인들은 초식의 기묘함보다는 무거운 내공의 힘으로 자신들을 압박하고 있었다.

'이미 내공만으로도 충분히 고수의 반열에 오를 자들이다.'

이런 자들이 현천문에 있다는 이야기는 들어본 적이 없

었다. 기껏해야 부문주 관여락 정도가 그나마 내공이 정순한 편으로 알고 있었다.

하지만 그의 의구심은 거기에서 끊겼다.

"크윽!"

위서량이 끝내 팔에 상처를 입고야 만 것이다.

상처는 깊지 않았다. 하지만 복면인들의 공격은 점점 더 날카로워지고 있었다.

'이대로는 목숨을 장담할 수가 없다.'

일단 이 자리를 피해야 했다.

그러자면 흩어져야 했다.

흩어져 복면인들을 분산시킨다면 각개격파가 되었든 도주가 되었든 한결 상대하기가 수월해질 것이다.

그렇게 판단을 내린 홍유는 전음으로 위서량에게 그 같은 생각을 전했다. 위서량 또한 이대로는 이 위기를 벗어날 수 없다는 판단을 하고 있던 차였기에 그 즉시 홍유의 뜻에 따르기로 했다.

순간,

"차앗!"

수세로 일관하던 홍유가 일거에 기운을 폭발시키듯 복면인들을 향해 덮쳐들었다.

그것이 신호였다.

돌발적인 홍유의 공격에 복면인들이 잠시 주춤해 있는 사이, 그 틈을 비집고 위서량이 포위를 뚫고 몸을 날렸고, 또한 복면인들이 당황하는 틈을 타 홍유도 동시에 반대편으로 몸을 날렸다.

"쫓아라! 절대로 놓치면 안 된다!"

순식간에 벌어진 일에 복면인들의 당황한 외침이 이어졌다.

그 후로는 생과 사를 가름하는 쫓고 쫓기는 추격전이었다.

*　　*　　*

"헉헉……."

숨이 턱까지 차올랐다.

"헉헉헉헉……."

입에선 단내가 나고 내딛는 걸음은 천근만근 무거웠다.

산을 몇 개나 넘었는지 모르겠다.

대체 여기가 어딘지도 잘 모르겠다.

무작정 뛰었다.

그것만이 살길이라는 생각에 다른 것을 돌아볼 여유가 없었다.

그런데도 아직 복면인들의 추격으로부터 완전히 벗어나질 못했다.

벗어났나 싶으면 지척으로 다가와 있고 다시 벗어났나 싶으면 기척이 코앞에서 느껴지곤 했다. 마치 토끼몰이를 하듯 쫓아오는 놈들의 추격에 위서량의 정신은 이미 피폐해질 대로 피폐해진 상태였다.

그럼에도 그가 발을 멈추지 않는 것은 오직 살아야 한다는 일념과 천풍에 대한 지독한 원념 덕분이었다.

“이 천하에 씹어 먹어도 시원치 않을 개자식!”

복수라고 생각했다.

지난 은원을 이따위로 치졸하게 갚는 거라 그렇게 생각했다.

“내 반드시 살아서 네놈의 추악한 면모를 만천하에 까발리고 말 것이다!”

이미 한계를 넘은 위서량을 아직도 움직이게 하는 원동력은 바로 그 같은 일념이었다.

그런 중에도 걱정이 되는 것은 홍유의 안위였다.

‘사숙님은 과연 어떻게 되었을지…….’

탁종도와 더불어 형산이군(衡山二君)으로 불릴 정도로 강한 분이었다.

탁종도를 도와 무림맹의 기틀을 세우는 데 가장 큰 역할을 해낸 문무 겸비의 지략가이기도 했다.

'사숙님은 분명 무사하실 것이다!'

자신도 이렇게 아직 살아 있는데 홍유가 화를 피하지 못했을 리가 없다.

'사숙님이라면 분명 지금쯤 복면인들의 추격을 이미 따돌렸을 것이다.'

어쩌면 각개격파로 추격하는 복면인들을 모조리 도륙 내버렸을지도 모른다. 그게 아니더라도 적어도 자신보다는 훨씬 더 안전한 상황일 거라는 사실만큼은 믿어 의심치 않았다.

'그래! 고작 현천문 따위가 사숙님께 위해를 가할 수 있을 리가 없지!'

"끄억!"

복면인이 자신의 가슴에 박혀드는 차가운 이질감에 끊어질 듯한 단말마의 비명을 흘려내며 스르륵 미끄러져 내렸다.

"넷!"

이것으로 네 명. 자신을 추격하는 자의 숫자가 일곱이었으니 앞으로 셋 남았다.

하지만 홍유의 상태도 그리 좋지만은 않았다. 옆구리와

어깨에 칼을 맞았고 기력도 거의 바닥이 났다.

'이자들의 정체가 대체 뭐란 말인가?'

복면인 네 명을 각개격파하며, 그들과 생사의 일전을 치르는 동안 의혹은 더욱 증폭만 되고 있었다.

역시 현천문이 아니었다.

그들의 무공 또한 삼류무공이 아니었다.

그저 삼류무공을 흉내 내고 있는 것뿐이었다.

게다가 어느 순간부터는 그런 흉내마저도 그만두고 그들이 지닌 본연의 실력을 그대로 드러내고 있었다.

도대체 이들의 정체는 뭐고 왜 그런 번거로운 짓을 했는지 정말이지 이해가 가지 않는다.

온통 의문투성이다. 그리고 지금 당장은 그 의문을 풀 수가 없다.

의문을 풀 단 하나의 방법은 결국 남은 셋을 제압한 다음 그들로부터 직접 토설을 받는 수밖에 없었다.

'하긴, 어차피 이젠 정말 끝을 봐야 할 때이기도 하지.'

일곱에서 넷을 죽이고 이제 고작 셋이지만 더 이상은 각개격파를 할 만큼의 힘이 남아 있지 않았다. 더 이상 도주와 반격을 반복하다가는 검을 들 기력조차 남지 않게 될 것이다.

마지막 일전을 치러야 했다.

'셋이라…….'

셋을 한 번에 상대하기에는 버겁다.

숨김없이 있는 실력을 그대로 드러내고 있는 그들은 하나하나가 절정 이상의 실력들을 갖추고 있었다. 하지만 그럼에도 절망적이지만은 않은 것은 복면인들 또한 그를 추격하느라 많이 지친 상태라는 것이다.

생각은 깊었지만 결정은 빨랐다.

네 명째의 복면인을 쓰러뜨린 후 다수의 적을 상대하기에 용이한 평지를 찾았다. 그리고 최대한 기력을 아끼며 그 자리에 앉아 운기조식에 들었다.

복면인들이 그 앞에 당도한 것은 소주천의 운기로 마지막 싸움을 위한 한 줌 기력을 막 회복했을 무렵이었다.

그동안 네 명의 동료를 잃은 그들이다.

홍유의 강함이야 이미 충분히 경험을 한바, 막상 홍유를 둘러싸긴 했는데도 누구 하나 쉽사리 검을 날려 오지 않았다.

'승산이 있다.'

홍유는 확신했다.

이미 기세에서부터 이기고 있었다.

다소의 희생은 불가피하겠지만 충분히 승산이 있다 판단했다.

그런 확신이 한층 더 기운을 끌어 올렸다.

홍유는 보다 강건한 눈빛을 번득이며 기수식을 취했다. 그러자 기세에서 밀린 복면인들이 주춤 걸음을 물려 경계를 높였다.

그야말로 일촉즉발의 순간이었다.

그런데 그때였다.

"이제 놀이는 충분히 했으니까 이쯤에서 마무리를 하죠."

갑작스레 들려온 목소리 하나가 홍유에게서 이길 수 있다는 확신을 지워버렸다.

일단의 무리였다.

그 일단의 무리는 복면을 하고 있지 않았다.

면면이 낯이 익은 얼굴들이었다. 특히 그중 하나가 홍유의 시선을 사로잡았다.

"광마(狂魔) 벽조운(壁朝雲)……."

"호오, 날 알고 있었군요."

당연하다.

아주 작은 문파의 세세한 속사정까지 일일이 살펴온 그가 무림사세의 한 자리를 차지하고 있는 마황성의 부성주를 어찌 모르겠는가.

그랬다.

지금 그의 앞에서 짓궂으면서도 어딘지 사악해 보이는 미소를 입가에 걸고 있는 자는 마황성 부성주 광마 벽조운이었다.

"허면 우리를 노린 것이 마황성이었단 말이냐?"

"그렇다네."

"대체 왜?"

대체 무슨 이유로 마황성이 자신을 노린단 말인가.

그것도 삼류무공을 흉내 내면서까지.

"왜 그런…… 설마……."

되풀이되는 의문 속에서 불현듯 떠오른 생각 하나.

"이간계!"

현천문과 무림맹을 이간질시키려는 이간계.

그거라면 이 모든 상황이 이해가 된다.

"역시 눈치가 빠르군."

벽조운의 대답이 홍유의 생각에 확신을 더했다.

그럼에도 의문은 여전히 이어진다.

"대체 왜?"

마황성이 왜 현천문과 무림맹을 이간질시키려 한단 말인가?

정파니 사마외도니 하는 것을 떠나서 중원 무림 공공의 적은 흑지 비사천문이었다. 현천문과 무림맹이 손을 잡는다면 그 공공의 적을 중원에서 몰아낼 수 있는데 왜 그것을 방해한단 말인가?

"그야 그래야 마황성이 사니까."

"……?"

"물론 흑지를 몰아내는 건 나도 찬성이네. 나도 그놈들 정말 마음에 안 들거든. 나 또한 중원인이니까 말이야. 그 놈들을 잡아다가 한 점 한 점 살점을 발라내도 성이 다 풀리지 않을 정도지. 허나 그거야 어디까지나 내 사사로운 감정일 뿐이고, 마황성을 책임지고 있는 입장에서 더 시급한 사안은 무림맹과 현천문의 동맹이지. 혜광과 진현, 도진 등 구파의 후기와 깊은 친분을 맺고 있는 파천대성과 그래도 명색이 정파를 표방하고 있는 무림맹이 손을 잡는다? 그리 되면 흑지야 몰아낼 수 있겠지. 허나 그다음에는? 과연 마황성이 안전할 수 있을까?"

무림맹이 정의를 내세워 대의에 동참할 것을 천풍에게 요구한다면, 지금 이진하와 맺고 있는 먼지만큼 가벼운 친분 정도로 천풍이 과연 무림맹의 창칼로부터 마황성을 지켜줄까?

"반대로 무림맹과 현천문이 반목을 하면 마황성은 하기에 따라서 단지 존립을 유지할 수 있을 뿐만 아니라, 그 사이에서 균형추로서의 입지를 키울 수도 있지. 그러니 우리 마황성의 입장에서는 이런 치졸한 이간계라도 써서 무림맹과 현천문이 물과 기름처럼 한데 섞일 수 없도록 만들 수밖에 없는 거고. 이런 내 심정이야 형산파라는 불안한 기반 아래 지금껏 무림맹이라는 큰 산을 잘 지탱시켜온 자네라면 이해할 거라 믿네. 자네도 나와 같은 입장이라면 분명 이렇게 했을 테니까. 안 그런가?"

벽조운의 말대로였다.

무림맹이 지금 마황성과 똑같은 입장에 처했다면 분명 그도 수단과 방법을 가리지 않았을 것이다.

"아, 물론 내가 지금 이렇게 모든 속셈을 자네에게 털어놓는 건 오늘 이 자리에서 반드시 자네의 목숨 줄을 끊겠다는 뜻이지. 그렇다고 너무 슬퍼하지는 말게. 위서량이라 했지? 자네의 사질 말일세."

"……."

"그 아이만큼은 살려둘 테니까. 자네를 죽인 자들이 현천문이라는 걸 증언해줄 증인이 하나쯤은 있어야 하니까 말이야."

이미 짐작하고 있었다.

자신과 위서량 모두를 죽일 생각이었다면 애당초 삼류무공 따위를 흉내 내지도 않았을 것이다.

"지금쯤이면 황산의 무림맹 지부에 무사히 당도했을 거

야. 곧 지부의 무사들을 이끌고 우리의 흔적을 쫓겠지. 그리고 아마 내일 날이 밝을 때쯤이면 자네의 시체도 발견할 수 있을 거네. 뭐, 운이 나쁘면 산짐승들에게 배불리 먹힌 다음이 될지도 모르지만. 아무튼 그렇게 자네의 죽음을 확인하고 나면 그 아이가 어떻게 나올지는 자네가 더 잘 알겠지?"

그렇잖아도 그렇게 좋은 머리가 아니다. 거기다 파천대성에 대한 사사로운 감정까지 가지고 있었다. 더불어 홍유가 그런 참변까지 당한다면 모르긴 몰라도 눈이 뒤집혀서는 있는 일에 없는 일까지 더해서 현천문을 성토해댈 것이다.

그리되면 아무리 현천문의 힘이 절실한 무림맹이라도 사실 여부가 확실해지기 전까지는 현천문에 손을 내밀 수가 없게 된다.

벽조운이 증인으로 홍유가 아닌 위서량을 선택한 것도 그 때문이었다.

냉정하고 지략이 뛰어난 홍유라면 속이기 어렵겠지만 위서량이라면 얼마든지 자신들이 의도한 대로 움직이게 만들 자신이 있었던 것이다.

"자, 이만하면 먼 길 가시는 걸음, 조금은 홀가분해지셨나?"

벽조운이 그렇게 죽음을 선고했다.

하지만 전혀 홀가분해지지 않았다.

반드시 살아야 할 이유만 더 많아졌을 뿐이다.

'허나 어떻게…….'

당장 지금까지 자신을 쫓던 세 명만 해도 감당하기가 벅찬 상황이다. 그런데 벽조운과 함께 합류한 일단의 무리는, 그들이 뿜어내는 기운은 자신을 쫓던 세 명 그 이상이었다. 또한 그 면면들은 그가 익히 아는 얼굴들이기도 했다.

냉정히 말해 자신의 상대가 아니었다.

몸 상태가 온전한 상황이었다고 해도 당해낼 수 없는 고수들이었다.

일대일 정식 비무라고 해도 과연 이길 수 있을지 장담할 수 없는 자들이 태반이었다.

광마 벽조운과 함께 등장한 일단의 무리는 겨우 그 하나를 죽이기 위한 것치고는 그 면면들이 지나치게 화려했다.

'마황성 최고수들을 한자리에 모았다 해도 과언이 아니로군.'

절대로 살려 보내지 않겠다는 마황성의 확고한 의지가 절절히 느껴져 왔다.

'어떻게 해도 방법이 없는 거로군.'

그래도 명색이 형산파의 장로였다.

죽음이 두려워 벌벌 떨고 있을 위인이 아니었다.

어차피 피할 수 없는 죽음이라면 사내로서 어떻게 죽어야 하는지 정도는 알고 있었다. 다만 한 가지 마음을 어지럽게 하는 미련은 역시 위서량이었다.

위서량이 마황성의 의도대로 놀아나 무림맹과 현천문이 척을 지게 된다면 그땐 흑지가 움직이게 될지도 모른다.

비신대 몇이 지부를 기습하는 정도의 국지전이 아니라 무림맹을 향해 대대적인 공격을 감행해올 수도 있다. 그도 그럴 것이 인정하고 싶진 않지만 흑지의 힘은 분명 무림맹보다 위에 있었다. 그럼에도 흑지가 전면전이 아닌 이천의 비신대로 기습전만 감행하고 있는 건 언제 뒤를 쳐올지 모르는 현천문을 저어한 때문이었다.

그런데 만일 무림맹과 현천문의 사이가 틀어져 뒤를 걱정할 필요가 없게 된다면?

흑지는 여타의 지부가 아니라 곧장 무림맹 총단으로 진격을 해올 수도 있었다. 그리고 안타깝게도 작금의 무림맹은 흑지의 파상공세를 막아낼 힘이 없었다.

"아아, 홀가분해지라고 말한 건데 표정을 보아하니 오히려 짐만 더 안겨준 모양이군. 너무 마음 쓰지 말라니까 그러네. 무림맹의 존망을 걱정하는 것도, 중원 무림의 안위를 염려하는 것도 어디까지나 살아 있는 자의 몫이 아니겠는가?"

그렇게 말한 벽조운이 슬쩍 한 걸음 다가섰다.

그에 맞춰 마황성 고수들이 홍유와의 거리를 좁혔다.

하긴, 벽조운의 말대로 앞일을 걱정하는 것은 자신의 몫이 아니었다.

앞일은 앞이 있는 자의 것이다.

'여기가 끝인 내게는 주제넘은 오지랖일 테지.'

홍유는 검을 버렸다.

어차피 생사는 결정이 난 상태다.

검보다는 차라리 자신의 성명절기인 철사금장으로 형산파의 제자로서 부끄럽지 않은 마지막을 남기고 싶었다. 그것이 지금 그에게 부여된 단 하나의 권리였다.

그리해 가볍게 호흡을 가다듬은 홍유는 그대로 땅을 박차 오르며 마황성 고수들 속으로 거침없이 뛰어들었다.

"철사삼연장(鐵砂三連掌)!"

제7장

현천문은 당당히 맞서고 파천대성은 물러섬이 없다

중원 무림이 다시 한 번 발칵 뒤집혔다.

형산파의 장로로 현 무림맹주 탁종도의 사제이자 무림맹 총관인 홍유가 절강성의 막간산 어귀에서 불귀의 객이 되어 버린 것이다.

더더욱 놀라운 점은 그 흉수가 다른 누구도 아닌 현천문이라는 사실이다.

처음에는 그저 터무니없는 헛소문이라고만 여겼다.

'예끼, 이 사람아! 그럴 리가 없지 않은가? 현천문에서 왜 철사금장을 죽여? 같은 무림맹 소속인데 철사금장을 죽일 이유가 없지 않은가 이 말이야.'

하지만 뒤이어 용궐에서의 참변이 실은 위서량의 잘못된 판단에 의해 벌어진 일이라는 사실과 그로 인해 대로한 파천대성이 이미 무림맹을 탈맹했다는 정보가 더해지자 더는 헛소문으로만 치부할 수가 없었다.

'철사금장이 절강성에 갔던 것도 사실은 현천문을 다시 무림맹으로 복귀시키기 위해 파천대성을 설득하러 간 것이라지 뭔가.'

'그럼 그게 파천대성의 분노를 더 부추겨서 그런 일이 벌어졌다는 말인가?'

'그렇지. 현천문 문도 일천오백 명이 억울하게 목숨을 잃고 그 화가 채 가라앉지도 않은 상태에서 철사금장이 무리하게 설득을 하려 드니 파천대성이 완전 열 받은 거지.'

'에이, 이 사람아. 아무리 화가 나도 그렇지, 어떻게 철사금장을 죽인단 말인가? 그건 형산파뿐만 아니라 정파 무림 전체를 적으로 돌리겠다는 뜻인데…… 말이 안 되지, 말이.'

'글쎄, 말이 되고 안 되고 간에 그 자리에 같이 있던 형산유룡 위서량이 직접 목격한 일이라니까 그러네. 아무렴 형산유룡이 없는 일을 지어서 떠들어댈 리가 없지 않은가? 그것도 이런 중차대한 일을.'

'그렇긴 하지만…… 난 그래도 믿을 수 없네. 아무리 화가 나기로서니 현천문이 그런 일을 벌였다는 건, 아무래도 납득이 안 된단 말이야. 게다가 그게 사실이라면, 만일 자네 말대로 흉수가 현천문이 맞다면 그건 너무 무서운 일이지 않은가? 그렇잖아도 흑지 그 망할 놈들이 언제 쳐들어올지 모르는 위험천만한 상황인데 중원 무림이 그처럼 자중지란에 빠지면 그 대비를 어찌하느냐 이 말일세.'

사람들의 관심은 누가 잘했고 잘못했고에 있지 않았다.

시시비비도, 그 속의 이권 다툼도, 또한 사실 여부마저도 그들에겐 중요한 것이 아니었다.

흑지라는 큰 적을 눈앞에 둔 상황에서 혹여라도 중원 무림이 자중지란에 빠져 큰 화를 당하게 될까 그것을 불안해했다.

흑지와의 전면전을 기대하며 잔뜩 달아올랐던 중원 무림의 뜨겁던 분위기가 단숨에 찬물을 끼얹은 듯 차갑게 식어버린 것이야 말할 필요도 없다.

지금 무림인들은 사실여부와 시시비비를 떠나서 무림맹과 현천문의 관계가 어떻게든 개선되기를 희망하고 있었다. 그것은 곧 중원 무림의 존망과도 직결되는 문제이기 때문이었다.

* * *

"어떻게 된 일일까요?"

천풍이 굳은 얼굴로 관여락에게 그렇게 물었다.

홍유의 죽음과 그 죽음의 흉수로 현천문이 지목되었다는 정도의 소문은 당연히 천풍의 귀에도 들어왔다.

"둘 중 하나일 겁니다. 위서량이 거짓을 말하고 있거나, 아니면 누군가 본문에 죄를 뒤집어씌우려 그렇게 위장을 했거나."

"그래서 부문주님 생각은요?"

"물론 후자일 가능성이 더 크겠죠. 위서량 그자는 감히 본문에 없는 죄를 뒤집어씌울 만큼 배포 있는 자가 아니니까."

그건 천풍의 생각도 같았다.

"그럼 이런 일을 꾸민 다른 누군가가 있다는 건데……."

"그 또한 둘 중 하나일 겁니다. 본문에 원한이 있는 자이거나, 아니면 본문과 무림맹의 사이가 틀어지기를 바라는 자이거나."

"그것도 결국 후자겠죠?"

"본문에 대한 원한으로 본문을 곤경에 빠트리려고 벌인 일이라고 하기에는 수가 너무 얕습니다. 더구나 철사금장을 그 제물로 할 만큼의 힘이 있는 자가 그런 얕은 수를 썼다는 건……."

관여락의 말에 천풍이 고개를 끄덕였다.

"그럼 본문과 무림맹의 사이가 틀어지기를 바라는 자의 이간계라고 했을 때, 과연 그런 짓을 벌일 만한 자가 누가 있을까요?"

"그로 인해 이득을 보는 자겠죠."

"이를테면 흑지라든가?"

"예. 본문과 무림맹이 손을 잡는 것을 가장 경계할 곳이라면 단연 흑지 비사천문이죠. 반대로 본문과 무림맹의 사이가 틀어졌을 때 가장 이득을 보는 곳도 흑지 비사천문이구요."

새삼스러울 것도 없었다.

그렇게 생각하는 사람은 비단 그들만이 아니었다.

흑지가 꾸민 음모일 거라는 말은 이미 무림인들 사이에서 공공연하게 떠돌고 있었다.

하지만 천풍은 고개를 저었다.

"흑지는 아닐 겁니다."

"어째서입니까?"

"흑지는 오직 무력만으로 중원을 넘었습니다. 도문을 멸문시킬 때도, 사천 무림을 집어삼킬 때도 그들은 그 어떤 술수도 쓰지 않았습니다. 조용히, 그리고 빠르게…… 그것뿐이었습니다. 이런 치졸한 이간책은 그들의 지금까지의 행보와 전혀 어울리지 않습니다."

"하지만 지금은 상황이 다르지 않습니까? 자신들의 무력에 대한 자부심과 자신감이 문주님께 비참할 정도로 부서져 버렸으니, 무력만으로는 안 된다 판단했을 수도 있지 않겠습니까?"

이번에도 천풍은 고개를 저었다.

"일전에 흑지의 군주 아극소를 만난 적이 있습니다. 비록 짧은 만남이었지만 제가 본 그자는 흑지에 대한, 그 무력에 대한 자부심이 하늘보다 높은 자였습니다. 술책을 써야지만 중원 무림을 꺾을 수 있다 판단했다면 그 즉시 뜻을 접고 사막으로 말머리를 돌렸을 겁니다."

"허면…… 흑지가 아니라면 누가…… 흑지 이외에 본문과 무림맹을 이간질시켜서 이득을 볼 수 있는 곳은 없을 듯한데……."

의아해하는 관여락의 눈에 문득 어딘지 묘하게 흔들리는 천풍의 눈동자가 보였다.

"혹시 문주께선 짐작되는 곳이 있습니까?"

"아뇨. 아닙니다."

급하게 손을 내젓는 천풍의 모습이 어딘가 이상했다.

'뭔가 짐작되는 것이 있으신가 본데…….'

하지만 더 캐묻지 않았다.

천풍이 섣불리 대답 못 하는 것은 확신이 없다는 뜻이고 확신도 없는 이야기를 굳이 캐물어서 천풍을 곤란케 하고 싶지 않았다.

마립이 급히 집무실 안으로 달려들어 온 것은 그때였다.

"문주님, 무림맹에서 공문을 보내왔습니다."

"공문이라뇨?"

천풍이 의아해하자 마립이 대답 대신 서찰 하나를 그에게 내밀었다.

받아서 읽어보니 그 내용인즉슨, 천풍에게 직접 무림맹 총단으로 와서 이번 일에 대해 해명을 하라는 거였다.

"무슨 내용입니까?"

관여락의 물음에 이번엔 천풍이 대꾸 없이 서찰을 그에게 건넸다.

그것을 읽고 난 관여락의 표정이 심각하게 굳어졌다.

"이건 말이 좋아 해명이지 사실상 죄를 추궁하겠다는 의도가 아닙니까?"

거기에 담긴 강압적인 태도나 질책성 다분한 문구로 보자면, 이번 일의 흉수로 현천문을 의심하는 정도가 아니라 아예 확신을 하고 일을 진행시키는 느낌이었다.

마립이 한마디 거들었다.

"무림맹 내부 사정에 밝은 자에게 들은 것입니다만, 위서량 그자가 워낙에 강력하게 주장을 하고 있다고 하더군요. 흉수들이 삼류무공을 사용했다는 것이야 이미 알려진 일이지만 그 외에도 접전 중에 흉수의 옷섶을 찢었는데 거기에 현천문의 표식까지 있었다는 것입니다."

"하지만 그거야 어디까지나 위서량 그자 혼자만의 주장일 뿐이지 않습니까? 그자가 잘못 봤을 수도 있고 또 거짓말을 하고 있을 수도 있는데, 제대로 된 조사도 없이 그것만 가지고 우리 현천문을 흉수로 단정하고 내게 해명을 요구하는 건 공정해야 할 무림맹의 행사치고는 지나치게 섣부른 것이 아닙니까?"

의아해하는 천풍의 말을 관여락이 받았다.

"그만큼 지금 무림맹이 감정적이 되어 있다는 뜻이겠죠. 무림맹의 중심은 형산파고 형산파 장로가 그런 일을 당했으니 감정적이 되지 않는다면 그게 더 이상한 일일 겁니다."

"아무리 그래도 그렇지……."

"물론 그게 다는 아닙니다. 위서량으로부터 문주님의 뜻을 전해 들은 것도 그들이 이렇게 서둘러 문주님을 무림맹으로 불러들이려는 이유 중 하나일 겁니다."

"제 뜻이라면?"

"무림맹으로의 복귀를 거절한 것 말입니다. 정확히는 복귀가 아닌 동맹을 택한 것. 당연히 그들의 입장에선 마뜩잖은 일이었을 겁니다. 물론 아무 사고 없이 철사금장과 위서량이 무사히 무림맹으로 돌아가 그 뜻을 전했다면, 무림의 현 상황과 여론, 실리 모든 면에서 이를 거부할 명분이 무림맹에겐 없었을 겁니다. 그런데 철사금장이 습격을 받아 죽었고, 더구나 현천문이 그 흉수로 떠올랐습니다. 거부할 수 있는 명분이 생겨버린 겁니다. 아니, 거부할 수 있는 명분뿐만 아니라 이를 잘만 이용하면 현천문을 말 잘 듣는 개처럼 만들 수도 있겠다고 판단했을 겁니다. 적어도 현천문이 그 혐의를 벗기 전까지는 말입니다. 그렇기 때문에 상황이 우리에겐 더욱 좋지 않습니다."

"……"

"무림맹은 어떻게든 현천문을 이번 일의 흉수로 몰아가려 할 것입니다. 또한 그들이 원하는 것을 얻기 전까지는 철사금장의 죽음에 대해, 그 진상 규명을 위해 그 어떤 노력도 하지 않을 것입니다. 현천문이 흉수라면야 더할 나위 없는 일이지만 만일 현천문이 흉수가 아니라면, 그래서 그게 밝혀져 버린다면 현천문은 더 이상 말 잘 듣는 개가 아니게 될 테니까 말입니다."

오히려 죄 없는 현천문을 무고(誣告)한 죄로 무림맹이 무림인들의 지탄을 받게 될 것이다.

"협의만으로 충분히 실리를 챙길 수 있는데 쓸데없이 진실을 파헤쳐서 그런 위험을 자초할 리가 만무하죠. 진상을 밝혀 원한을 갚는 거야 흑지를 몰아내고 중원 무림의 패권을 완전하게 손아귀에 움켜쥔 다음에 해도 늦지 않는 일이니까 말입니다."

관여락의 말대로라면 결국 무림맹이 천풍에게 요구하는 건 진실이 아니라는 것이다.

진실은 하등 중요하지 않다.

그저 천풍의 목에 목줄을 걸 명분이 필요할 뿐이다.

"어떻게 하시겠습니까?"

관여락이 천풍의 뜻을 물었다.

천풍이 관여락을 보며 반문했다.

"부문주님의 생각은 어떻습니까?"

"당연히 무림맹의 요구에 응해서는 안 됩니다. 문주님께서 그들의 요구대로 무림맹으로 가게 되면 그들은 없는 죄도 만들어서 문주님을 옥죄려 할 것입니다. 억울한 누명도 누명이지만 거기서 어떤 고초를 당하게 될지도 알 수 없는 노릇입니다."

그러나 여기서 천풍이 무림맹의 요구를 거절한다면 자칫 무림맹과 현천문이 서로에게 칼을 겨누게 될 수도 있었다.

천풍이 쉽게 결정하지 못하는 이유도 거기에 있었다.

무림맹과 칼을 겨누는 것이 두렵지는 않지만, 그사이 흑지가 움직인다면 중원 무림 전체가 위험해질 수도 있다.

고민이 깊어졌다.

하지만 그것이 길지는 않았다.

"무림맹에 서신을 보내겠습니다."

"서신이라시면?"

"무림맹에 해명을 하기에 앞서 먼저 우리가 직접 사건의 진상을 조사하겠다는 뜻을 전하는 겁니다. 시신의 상태도 살펴야 하고 위서량에게 직접 증언도 들어야 하니 진상 조사에 따른 여러 제반 사항들에 대한 협조도 구해야겠죠. 해명은 자체 조사를 마친 다음에 하겠습니다."

"허나, 무림맹에서 이를 받아들일 리가 없지 않습니까?"

"무림맹이 어떻게 나오든 상관없습니다. 나는 내게 부여된 정당한 권리를 요구하면 그뿐입니다."

단순하게 생각하기로 했다.

하지도 않은 일로 추궁을 당하고 비난을 받을 이유가 없다.

설혹 그로 인해 무림에 큰 위기가 닥친다 하더라도 그 책임은 어디까지나 진실을 외면하고 왜곡하려고 한 무림맹에 있는 것이다.

그리해 관여락은 천풍의 뜻을 그대로 담아 무림맹에 현천문의 의사를 전했다.

하지만 아니나 다를까, 무림맹의 답은 이유여하를 막론하고 무조건 파천대성이 무림맹으로 와서 해명을 하라는 것이었다.

현천문에서 자체 조사를 진행하겠으니 이에 따른 무림맹의 협조를 구한다는 요구에 대한 답변도 '불가(不可)'였다.

현천문에서 다시 같은 내용의 서신을 보냈지만 마찬가지였다. 오히려 한층 더 강압적이 되어서는,

이대로 파천대성이 무림맹으로의 소환을 지속적으로 거부한다면 이는 스스로 죄가 있음을 인정하는 것으로 간주하고 그에 따른 죄를 엄히 묻겠다.

그렇게 엄포마저 놓고 있었다.

하지만 천풍도 물러서지 않았다.

무림맹에 현천문의 뜻을 다시 한 번 전하는 한편으로, 흔들리는 민심을 겨냥해 단호하면서도 확고한 현천문의 입장을 천하에 공표했다.

지난 철사금장의 일은 참으로 애석한 일이나, 거듭

말하지만 우리 현천문은 그 일과는 아무런 연관이 없다. 무림맹이 내세우는 증좌란 것도 결국 형산유룡의 사사로운 원한에 따른 악의적이고 편협한 증언일 뿐 물증이라고 할 만한 것이 되지 못했다. 그리해 우리 현천문에선 한 점의 의혹도 없이 진실을 명명백백히 밝히고자 무림맹에 협조를 구했음에도 불구하고 무림맹은 합당한 이유 없이 이를 거부했다. 이는 분명 불순한 의도가 있음이 의심되는바, 무림맹의 진의가 분명해지기 전까지 현천문은 무림맹의 그 어떤 요구에도 응하지 않을 것이다. 그런데도 계속해서 현천문을 의심하고 핍박하려 든다면, 그것이 설혹 무림맹이라 할지라도 나 파천대성은 이를 현천문에 대한 모독이자 도전으로 간주하고 결코 묵과하지 않을 것이다!

과격하고 거침없는 포고문이었다.

그리고 그것은 말 그대로 무림맹의 권위에 대한 도전이었다.

당연히 무림맹이 이를 좌시할 리 없었다.

아무리 흑지가 호시탐탐 중원을 노리고 있다고 하더라도, 그래서 현천문의 힘이 절대적으로 필요하다고 하더라도 자신들의 권위를 짓밟는 발언까지 참아줄 만큼 무림맹은 그리 대범한 곳이 아니었다.

감정이 격해질 대로 격해진 끝에 급기야는,

파천대성이 직접 제대로 된 해명을 해서 모든 의심들에 대해 이를 명명백백히 밝히지 않는다면, 그래서 지금처럼 무도한 언행으로 무림에 분란을 조장하고 지속적으로 혼란을 야기한다면 무림맹은 현천문을 무림공적으로 선포할 것임을 만천하에 알린다!

무림공적이라는 표현까지도 서슴지 않았다.

그 효과는 확실히 컸다.

아무리 파천대성이 시대의 영웅으로 떠올랐다고 해도, 그로 인해 현천문이 강남 무림을 장악하고 있다고 하더라도 무림맹에 비할 바는 아니었다.

누가 뭐라 해도 무림맹은 중원 무림을 대표하는 곳이었다.

일시적으로 무림인들의 신망이 옅어졌다고 해도 무림맹이 내뱉는 한마디 한마디는 그대로 율법이 되고 계율이 되는 것 또한 사실이었다.

그런 무림맹에서 무림공적이란 단어를 언급했다.

설혹 그것이 단지 위협에 지나지 않는다고 하더라도 강남 무림이 동요하는 건 당연한 일이었다. 현천문을 중심으로 뭉쳐졌던 결속력마저 심각하게 흔들리기 시작한 것 또한 당연한 수순이었다.

마황성이 나선 것은 그때였다.

마황성은 신의로써 현천문을 지지한다! 무림맹이 현천문을 부당히 무림공적으로 내몬다면 마황성 또한 무림공적이 되기를 마다하지 않을 것이며 무림맹이 현천문을 향해 칼끝을 들이댄다면 마황성은 또한 현천문과 같이 마땅히 피를 흘릴 것인즉, 마황성은 형제의 의로써 현천문과 생과 사, 존과 멸을 함께할 것이다!

누가 뭐라 해도 마황성은 무림을 떠받치고 있는 네 개의 기둥인 무림사세의 하나였다. 이 같은 지지 선언은 강남 무림의 흔들리던 민심을 다잡기에 충분한 힘이 있었다.

* * *

"마황성에서 이렇게까지 신의를 보여줄 줄은 생각지 못했습니다."

관여락이 조금은 격앙된 목소리로 그렇게 말했다.

사실 무림맹의 무림공적 발언은 전혀 생각지 못한 것이었다.

그래서 적잖이 놀랐다.

천풍마저도 생각 이상으로 격해진 무림맹의 반응에 꽤나 당황한 모습이었다.

자칫하면 무림맹과 정말로 전쟁이 날 수도 있었다.

무림맹은 분명 그것까지도 각오했음이 틀림없었다.

아니라면 결코 무림공적이란 단어를 함부로 내뱉지는 못했을 것이다.

이렇게까지 격하게 나올 줄은 미처 예상치 못했다.

다소간의 위협이나 협박, 그리고 얼마간의 무력시위 정도는 각오했던 일이지만 흑지라는 큰 위협을 등 뒤에 두고 이렇게까지 무모하고 막무가내로 도발을 해올 줄은 미처 생각지 못했었다.

좋지 않았다.

강남 무림의 동요가 피부로 느껴질 정도였다.

강남 무림은 물론이고 현천문 문도들마저도 불안으로 흔들리고 있었다.

그런 상황에서 마황성의 그 같은 지지 선언은 그야말로 천군만마나 마찬가지였다.

물론 그동안 이진하가 현천문에 호의를 보여 온 것도 사실이고 천풍과는 호형호제까지 하는 사이였지만, 잘나갈 때의 호의와 위기에 처했을 때의 호의는 그것을 베푸는 쪽이나 그것을 받는 쪽이나 그 의미가 확연히 다를 수밖에 없었다.

하물며 마황성이라면 신의라는 단어와는 완전히 담을 쌓은 곳이 아니던가.

전혀 기대하지 않았던 곳에서 보내온 도움의 손길은 그만큼 더 반갑고 든든할 수밖에 없다.

그런데, 어쩐 일인지 천풍의 표정은 그다지 밝지가 않았다.

무림맹으로부터 무림공적 선포를 들었을 때보다도 오히려 더 무겁게 가라앉아 있었다.

"왜 그러십니까?"

"부문주님은 어떻게 생각하십니까?"

"무엇을 말씀하시는지……?"

"마황성의 진의 말입니다."

"……."

"우리를 돕겠다고 나선 것이 과연 선의이겠습니까?"

"……."

물론 선의만은 아닐 것이다.

단지 신의만으로 무림공적이 될지도 모르는 현천문을 도울 리가 없다.

현천문을 돕는 것은 마땅히 그게 그들에게 이득이 되기 때문일 것이고, 이러한 부분은 관여락도 충분히 짐작했던 일이다.

"사실 그들로서는 선택의 여지가 없는 일이기도 했을 것입니다."

"어째서요?"

"그야 무림맹과 마황성은 근본이 다르기 때문입니다. 지금이야 흑지로 인해 무림맹이라는 울타리 안에 정사의 구분을 두지 않고 있지만, 누가 뭐라 해도 그 중심은 구파일방을 위시한 정파 무림입니다. 따라서 흑지라는 큰 적이 사라지고 나면 결국 무림맹은 정파 무림을 중심으로 재편될 것이 불을 보듯 뻔한 일입니다. 사마외도를 대표하고 있는 마황성과 정파를 표방하고 있는 무림맹, 공존이 가능할 리가 없습니다. 지금까지야 소림과 무당의 봉문으로 정파 무림의 결집력이 약했었고 그래서 공존도 가능했지만, 무림맹이 흑지라는 큰 적을 몰아내는 데 성공한다면 정파 무림의 결집력은 그 어느 때보다도 강해질 겁니다. 그렇게 결집된 정파 무림의 칼끝이 다음으로 향할 곳은 당연히 마황성이 되겠죠. 결집된 정파 무림의 힘을 마황성 혼자서 감당할 수 있을 리는 만무하고, 그래서 먼저 이렇게 현천문에 손을 내민 것이 아니겠습니까?"

어려울 때 내밀어진 도움의 손길은 그 은혜가 깊은 법이다.

즉, 마황성은 신의라는 명분으로 현천문의 손과 발에 족쇄를 채우고자 하는 것이다.

그럼에도 관여락이 거부감을 느끼지 않은 것은 그게 현천문으로서도 나쁜 일이 아니기 때문이다.

천풍이 무림맹에 머리를 숙일 뜻이 전혀 없는 이상 현천문도 무림맹과 우호적인 관계가 될 가능성은 거의 없다고 봐야했다. 그런 처지에서 마황성은 현천문에게 든든한 우방이 될 수 있었다.

그러니 허울뿐인 신의라 할지라도 마황성의 도움을 마다할 이유가 없는 것이다.

그런데 어쩐 일인지 천풍은 별로 달갑지 않은 기색이었다.

"뭔가 마음에 걸리는 것이 있습니까?"

"부문주님의 말씀대로 마황성은 무림맹과 공존이 불가능한 곳입니다. 그래서 훗날을 대비해 현천문과의 우의를 단단히 하고자 하는 그들의 의도도 잘 알고 있습니다. 그들에겐 아마도 절박할 정도로 우리 현천문이 필요할 겁니다. 그런데 말입니다. 그들에게 그렇게 절박한 우리 현천문이 무림맹과 동맹이라도 맺게 된다면 마황성 입장에서는 어떻겠습니까?"

"……두렵겠지요."

"예, 두려울 겁니다. 더욱이 흑지라는 적을 맞아 생사고락을 같이하며 피를 나누는 사이가 된다면, 그래서 그들이 감히 끼어들 수도 없을 만큼 그 사이가 가까워진다면 마황성에는 실로 절망적인 상황이 되지 않겠습니까?"

순간, 관여락은 천풍이 무엇을 말하려는지 깨달았다.

"허면 문주님 생각은……."

"현천문과 무림맹의 사이가 틀어졌을 때 가장 이득을 보는 무리는 물론 흑지 비사천문입니다. 반대로 현천문과 무림맹이 손을 잡았을 때 가장 곤란해지는 이들은 분명 마황성일 겁니다. 현천문과 무림맹의 동맹은 마황성에겐 큰 위협이 될 수밖에 없습니다."

"그렇다면 문주님 말씀은…… 철사금장을 죽인 흉수가 실은 마황성일 수도 있다는 말씀입니까? 하지만 마황성주는 문주님과도 친분이……."

"만일 이 모든 게 마황성의 소행이 맞는다면, 아마도 그 일을 계획하고 또한 실행에 옮긴 사람은 다름 아닌 마황성주 이진하일 겁니다."

뒤로는 간교한 술책으로 현천문에 죄를 뒤집어씌우고 앞으로는 웃는 낯으로 손을 내민다.

"마황성주는 능히 그런 일을 할 수 있는 자입니다."

사실 철사금장의 죽음과 그 의심의 화살이 현천문을 향하고 있다는 소식을 들었을 때부터 천풍은 이진하를 의심했었다.

물론 작은 의심이었다.

그저 일말의 가능성으로서 염두에 두었을 뿐이었다.

그런데, 무림맹이 무림공적까지 언급한 상황에서 너무 과할 정도로 마황성이 현천문의 편을 들어주자 그것이 오히려 작은 의심을 더욱 크게 부풀렸고 급기야 확신마저 갖게 만들었다.

"허면 이제 어찌하실 생각이십니까? 무림맹에 이 같은 사실을 알리고 본문을 향해 있는 의심을 지우는 것이……."

관여락의 말에 천풍이 고개를 저었다.

"소용없는 일입니다. 의심은 되지만 이를 입증할 만한 증거가 없습니다. 마황성으로서는 부인하면 그뿐입니다. 무엇보다 무림맹에서 우리 말에 제대로 귀를 기울여줄 리가 만

무합니다. 부문주님께서 말씀하시지 않았습니까? 무림맹에 중요한 건 어디까지나 현천문에 씌워진 혐의지 진실이 아니라고. 게다가……."

"……."

"우리는 이미 분명하게 우리의 결백함을 밝혔습니다. 그런데도 무림맹은 우리의 말을 믿지 않았습니다. 믿지 않은 정도가 아니라 아예 무시해 버렸습니다. 들을 준비가 되어 있지 않은 자들에게 천 마디 백 마디 말을 해본들 무슨 소용이겠습니까? 이제 더는 해명도 변명도 하지 않겠습니다. 아니, 하고 싶지 않습니다!"

천풍의 의지는 단호했다.

그도 그럴 것이, 지금까지 겉으로 크게 내색은 안 했지만 무림맹의 무림공적 발언에 사실 천풍은 크게 화가 나 있는 상태였다. 현천문의 죄 없는 이들을 억울하게 죽음으로 내몬 것으로도 모자라 하지도 않은 일로 죄를 묻겠다 하고, 거기다 이제는 무림공적까지 운운하며 협박질을 해댄다.

더는 참고 이해하고 넘어가 줄 수 있는 수준을 넘어버렸다.

이 이상 그 어떤 도발도 용인해줄 생각이 없었다.

'무림맹에서 칼을 들겠다면 마땅히 같이 칼을 들 것이고 피를 보고자 한다면 그 또한 피하지 않을 것이다!'

그것이 천풍의 확고한 결심이었다.

"허면 마황성과는 이대로 모른 척 관계를 유지해야겠군요."

설혹 마황성의 손아귀에서 놀아나는 꼴이 될지라도, 현 상황에선 그것이 최선이었다. 무림맹과 완전하게 등을 돌리게 될지도 모르는 마당에 마황성마저 적으로 돌린다면 그거야말로 최악의 상황이 되는 것이다.

불쾌하고 내키지 않더라도 지금은 참는 수밖에 없었다.

하지만 천풍의 생각은 달랐다.

"마황성과의 관계를 유지할지 말지는 먼저 그 일의 진위부터 분명히 한 다음에 결정할 일입니다. 부문주님이 직접 면밀히, 그리고 신속하게 조사를 해주세요. 마황성의 움직임도 빼놓지 않고 감시를 하시구요."

"만일 그렇게 해서 문주님의 짐작대로 그 모든 게 마황성의 간계임이 밝혀진다면 어찌하실 생각이십니까?"

"정말로 그것이 마황성의 간계라면 향후 우리 현천문은 마황성과의 모든 연을 끊을 것입니다!"

천풍의 말은 단호했다.

관여락의 표정이 딱딱하게 굳었다.

"하오나 문주님, 그렇게 되면 마황성마저 적으로 돌아설 수도 있습니다."

만일 이대로 마황성과의 관계마저 악화된다면 먼저 강남 무림의 민심부터 흔들리게 된다. 민심이 흔들리면 결속력에 문제가 생기고, 그런 상황에서 무림맹으로부터 정말 무림공적으로 내몰리게 된다면 현천문은 자칫 일거에 무너질 수도 있었다.

"문주님, 마황성주의 흉계가 불쾌하신 거야 당연한 일입니다. 그들의 손아귀에 놀아나게 되는 상황이 탐탁지 않으신 것도 알고 있습니다. 마황성이 가까이 두고 사귈 곳이 아니란 것도 분명한 사실입니다. 제 생각 또한 문주님과 크게 다르지 않습니다. 허나 지금은 아닙니다. 당장 눈앞에 흑지라는 큰 적이 있고 이젠 무림맹과도 살얼음판 위에서 서로를 향해 칼을 뽑아 든 상태입니다. 그런 상황에서 마황성마저 내친다면 본문은 그야말로 고립무원의 처지가 되는 것입니다."

하물며 이 일로 인해 마황성이 앙심이라도 품는다면 그 뒷감당을 어찌한단 말인가.

생각해보면 참 답답한 노릇이었다.

불과 얼마 전까지만 하더라도 무림삼분계를 넘어 천하제일을 꿈꾸던 현천문이 하루아침에 생존마저 위협받는 처지가 되어버린 것이다.

"지금은 마황성의 장단에 맞춰주는 게 현명한 방법입니

다. 마황성의 손을 뿌리치는 것은 좀 더 기반을 단단히 한 다음에 해도 늦지 않습니다."

"아뇨."

천풍은 고개를 저었다.

"사실 저도 지금 우리에게 마황성의 힘이 절실히 필요하다는 것 정도는 알고 있습니다. 무림삼분계에 혹해서 그 힘을 이용하고자 마황성이 가까이에 오도록 용인해온 것도 사실입니다. 하지만 그래서는 온전히 내 것이 될 수 없습니다. 다른 이의 힘을 빌려 만들어진 성은 결국 다른 이의 힘에 의해 얼마든지 부서질 수 있다는 걸 이번 일로 확실히 깨달았습니다."

잠시 호흡을 고른 천풍이 목소리에 힘을 실었다.

"앞으로 현천문은 오직 현천문만의 힘으로 굳건히 설 생각입니다. 누구의 도움도 받지 않을 것이고 그 어떤 위협도 용납지 않을 것이며, 또한 어느 누구도 감히 현천문을 상대로 허튼수작을 부리지 못하도록 만들 것입니다. 그러니 부문주님도 그렇게 알고 제 뜻에 따라주십시오."

관여락을 향한 천풍의 눈빛은 그 어느 때보다 강렬하게 빛을 내고 있었다.

그런 천풍의 눈빛이 낯설면서도 신선했다.

'강해졌다.'

관여락은 처음으로 그렇게 느꼈다.

용궐에서 그 혼자서 흑지의 고수들을 몰살시켰다는 소문을 들었을 때도, 그 후 현천문으로 돌아온 천풍을 보았을 때도, 그리고 바로 조금 전까지도 관여락의 눈에 천풍은 여전히 무림이라는 거친 세계와는 어울리지 않는 사람이었다.

그런데 지금, 그를 향해 보이고 있는 저 강렬한 눈빛이 그렇게 든든할 수가 없다.

변한 것이다.

그가 알던 무림 초출의 옥면서생이 아니라 대현천문을 이끄는 파천대성으로.

그가 미처 인식하지 못하는 사이 어느새 일문의 문주로서 마땅히 그에 걸맞은 그릇이 되어 있었다.

천풍이 현천문의 문주로서 어떠한 외풍에도 흔들림 없이 굳건히 그 자리에 있어준다면, 능히 그럴 만한 그릇이 되어 있는 것이라면 어느 누가 적이 되더라도, 혹 천하 무림이 현천문을 향해 칼끝을 들이대더라도 겁낼 필요가 없다.

의지만 굳건하다면 천풍은 얼마든지 이를 막아낼 테니까.

현천문 문주 파천대성은 다름 아닌 그 혼자서 흑지의 일만 적도들을 도륙 내버린 희대의 살성이자 대영웅 파천대성이 아니던가!

'그렇긴 해도 좋은 게 좋은 거라고 모쪼록 좋게좋게 넘어가면 다행이겠는데 말이야.'

하지만 그럴 가능성은 별로 없었다.

무림맹과의 관계는 이제 몇 마디 말로는 쉽게 회복될 수 없을 만큼 악화되어 있었다. 심지어 현천문을 지지하는 자들과 무림맹을 편드는 자들 간에 여기저기에서 칼부림까지 흔하게 일어나고 있을 정도였다. 좋게좋게 넘어가긴커녕 당장 파국으로 치닫는다고 해도 이상하지 않을 만큼 불안한 정국인 것이다.

거기다 마황성은 또 어쩐단 말인가.

'철사금장의 사건은 필경 마황성의 농간일 게 분명한데…….'

처음엔 설마하는 마음이었지만 천풍의 말을 계속 곱씹다 보니 그것은 점차 확신으로 변했다.

마황성의 이간계.

그건 곧 현천문의 적이 하나 더 늘어난다는 의미였다.

생각만 해도 벌써부터 골머리가 지끈거려온다.

'이럴 때 차라리 흑지라도 나타나서 한바탕 제대로 분탕질이라도 쳐주면 숨통이 좀 트이겠는데 말이야.'

그러고 보니 얼마 전 비신대 소식을 들었다.

무림맹의 추격대가 치열한 추격 끝에 마침내 비신대의 꼬리를 잡았다는 소식이었다.

'호북의 죽산(竹山)이라 했었지, 아마?'

과연 어떻게 되었을까?

상황이 상황이다 보니 어떤 기대감으로 인해 새삼 더 궁금해져 왔다.

제8장

무림, 짓밟히다

'지독한 놈들!'

무림맹 탕마신위대 대주 임연은 이를 바드득 갈았다.

천문 지부의 참변이 있은 후 무림맹에서 비신대를 척살하기 위해 정예 이만으로 탕마신위대를 결성하고 그 책임자로 자신을 지명했을 때만 해도 이렇게까지 오래 걸릴 줄은 생각도 못 했다.

추격에 관해서만큼은 중원 최고라 자부하는 그였다.

그가 탕마신위대의 대주를 맡게 된 것도 그 때문이었다.

게다가 무림맹 정예 이만이 수족처럼 움직이고 있었다.

'사흘이면 충분할 줄 알았는데…….'

사흘이면 놈들을 단 한 명도 남기지 않고 모두 추살할 수 있을 거라 생각했다.

그런데 사흘은 고사하고 벌써 석 달이 넘어가고 있었다.

더욱 기가 막힐 노릇은 탕마신위대에 쫓기는 와중에도 그사이 홍안 지부에서마저 학살을 자행하고는 유유히 그들의 추격을 빠져나갔다는 것이다.

굴욕이었다.

살면서 그처럼 처참하게 농락당했던 적은 없었다.

하지만 이젠 그것도 끝이다.

'천삼백.'

이천의 비신대 중 칠백을 척살했고 이제 천삼백이 남았다.

남은 천삼백도 탕마신위대의 천라지망 속에 갇혀 지금 이렇게 몰이를 당하고 있다.

그런데도 임연의 표정이 벌레 씹은 것 같은 까닭은 그 칠백을 죽이는 동안 탕마신위대의 희생이 너무 컸기 때문이다.

사상자 수가 무려 삼천이 넘었다.

이만의 탕마신위대에 몰이를 당하는 중에도 간간히 반격을 해오는데 그럴 때마다 탕마신위대가 입게 되는 피해는 실로 막중했다.

지금 비신대는 그야말로 상처 입은 맹수처럼 사납기 이를 데 없었다.

정말이지 지독했다.

절대적인 수적 우위에 있고, 그 수적 우위로 이렇게 포위망을 좁히며 몰이를 하고 있는 중임에도 언제 어디서 적의 기습이 있을지 모른다는 불안감에 지금 수하들의 얼굴에는 팽팽한 긴장감이 들어차 있었다.

한 순간도 방심할 수 없다.

한 순간의 방심이 어떤 사태를 불러오는지 이미 뼈저리게 경험을 했다.

그런데 그때였다.

전방에서 갑작스런 소란이 일었다.

야산을 흔드는 함성과 야공을 찢는 병장기의 마찰음.

'잡았다.'

정찰대가 다시 한 무리의 적을 포착한 것이다.

임연은 그 즉시 소란이 있는 곳을 향해 몸을 날렸다.

그렇게 현장에 도착하고 보니 그 짧은 사이 정찰대 수십명이 바닥에 쓰러져 있었다. 임연을 더욱 분노케 하는 것은 이백 정도 되어 보이는 비신대는 거의 그 피해가 전무해 보인다는 것이다.

'개자식들!'

이를 바드득 갈아붙인 임연이 수하들을 향해 일갈했다.

"쳐라! 단 한 놈도 살려두지 마라!"

비신대 이백과 임연이 이끌고 온 수하 팔백이 한데 어우러졌다.

허나 완벽한 수적 열세에도 불구하고 비신대는 전혀 밀리지 않았다.

비신대와 이렇게 직접 칼을 맞대니 새삼 가슴속에 찬바람이 분다.

'괴물 같은 놈들!'

무림맹에서 이름 꽤나 날린다는 자들로 이루어진 탕마신위대였다. 그중에서도 추린 것이 지금 임연이 이끌고 있는 북미동(北微東)의 팔백이었다. 그런데도 머릿수가 반의반밖에 되지 않는 비신대에 고전을 면치 못하고 있다.

하지만 그건 잠시였다.

곧이어 가까이에서 천라지망의 한 축을 담당하던 북동미북(北東微北)의 탕마신위대가 합류했고 그로부터 다시 얼마 지나지 않아 북북동(北北東)마저 전장에 참여했다.

팔백이었던 탕마신위대가 순식간에 이천사백으로 늘어난 것이다.

제아무리 비신대가 강하다고 해도 소위 쪽수로 밀어붙이는 탕마신위대를 당해낼 재간이야 없었다.

그럼에도 치열한 전투였다.

이백 대 이천사백.

열 배가 넘는 탕마신위대를 상대함에도 비신대는 조금도 주눅 들지 않고 당당했다. 이백에서 백이 되고 백이 다시 열이 되었을 때도 그들은 여전히 거침이 없었고 장렬했으며 성난 맹수처럼 사나웠다.

그 바람에 탕마신위대의 희생이 컸다.

오백 이상의 사상자가 나왔다. 고작 이백을 상대로 이천사백이 싸웠는데도 상대의 두 배가 넘는 사상자가 나온 것이다.

그럼에도 나쁘지 않은 결과였다.

지금까지의 전투에선 항상 그보다 더 많은 사상자가 나왔었다.

"끄윽!"

마침내 마지막 하나가 임연의 칼에 심장을 꿰뚫려 스르르 무너져 내렸다.

마지막 하나를 그렇게 처리한 임연이 가슴속에서 올라오는 용광로 같은 뜨거운 희열을 그대로 자신의 검에 담아 번쩍 들어 올렸다.

"와아!"

함성이 터져 나왔다.

생과 사의 사투에서 살아남은 자들의 안도와 승리했다는 도취가 한데 어우러져 죽산을 쩌렁쩌렁 울렸다.

그리고 그 순간, 마치 그것을 축복이라도 하듯이 야공에 두 개의 빛이 번쩍하는가 싶더니 서쪽과 동쪽에서도 들끓는 함성이 연이어 죽산을 뒤흔들었다.

그것은 서쪽과 동쪽에서도 비신대를 잡았다는 신호였다.

'이제 남쪽만 남았다.'

서른세 방위로 펼쳐졌던 천라지망의 범위를 이젠 남쪽 여덟 개의 방위로 좁히면 된다. 그만큼 천라지망의 그물망은 촘촘해지고 단단해질 것이다.

드디어 사냥이 막바지에 이른 것이다.

임연은 지체하지 않았다.

모름지기 사냥이라는 것은 마지막 숨통을 끊을 때야말로 가장 위험하고 가장 조심해야 할 순간이다.

그렇게 마지막 몰이가 시작되었다.

*　　*　　*

비신대 대주 벽우는 가쁜 숨을 몰아쉬는 중에도 주변을 면밀히 살피고 있었다.

탕마신위대의 천라지망은 이미 지척에까지 이르러 있었

다.

천라지망이 지척에 이른 만큼 자신들의 운신의 폭은 그만큼 좁아졌다. 그 바람에 흩어져 각개전투를 벌이던 비신대가 지금은 이렇게 한자리에 모였다.

'여기까지로군.'

군주의 명은 천문 지부를 무너뜨림과 동시에 이미 완수했다.

그 즉시 호북성을 빠져나갔다면 살 수도 있었을 것이다.

하지만 그는 그러지 않았다.

군주의 명은 그저 천문 지부를 치라는 것뿐이었다.

복귀의 명이 없었다.

그렇다면 그에게 주어진 길은 하나뿐이었다.

목숨이 다할 때까지 싸우는 것.

그리해 홍안 지부를 쳤다.

결국 그로 인해 꼬리가 밟혔고 그래서 지금 이렇게 탕마신위대의 천라지망에 갇혀 절망적인 상황을 맞았다. 하지만 후회는 없었다.

그건 여기 남은 칠백 명의 생존자 모두가 같았다.

목숨으로 군주의 명을 받드는 것.

흑지 비사천문의 단 하나의 계율이고 죽음으로 그 계율을 지키는 게 비신대 최고의 명예였다.

군주의 명은 완수했다.

이젠 명예롭게 죽는 일만이 남았다.

벽우가 칼을 고쳐 잡았다.

언제 그렇게 지쳐 있었냐는 듯 눈빛은 강렬하게 빛났고 뿜어나는 기운은 투지로 활활 타올랐다.

벽우만이 아니었다.

칠백 비신대 모두가 명예로운 마지막을 준비했다.

다른 말은 필요 없었다.

같이 살아왔으니 이제 같이 죽는 것뿐.

살아서도, 또한 죽어서도 함께하면 그뿐.

벽우의 마지막 명만이 남았다.

벽우의 마지막 명이 떨어지면 그들 칠백 비신대는 일만이 넘는 탕마신위대를 향해 가진 모든 기력을 불태울 것이다.

그런데, 그렇게 벽우가 막 마지막 명을 내리려는 순간이었다.

갑작스럽게 소란이 일며 그들을 포위했던 그 철옹성과도 같았던 천라지망의 한 축이 급격히 무너지고 있었다. 그리고 그렇게 무너진 천라지망을 뚫고 마치 천신(天神)처럼 당당히 걸어 들어오는 한 사내가 있었다.

"나는 네게 죽음을 명한 적은 없었던 걸로 아는데?"

순간, 벽우가 급히 그 자리에 부복했다.

"비신대 대주 벽우, 군주님을 뵙습니다!"

그랬다.

벽우를 보며 차갑지만 또한 뜨거운 미소를 보내고 있는 사내는 다름 아닌 흑지 비사천문의 군주 아극소였다.

*　　　*　　　*

"뭐? 흑지라고?"

탕마신위대 대주 임연은 지금의 상황을 도무지 이해할 수 없었다.

다 잡은 물고기였다.

그물만 낚아 올리면 그것으로 끝이었다.

그런데 이제 끝났다라고 생각한 순간, 돌연 천라지망의 한 축인 남남서가 부지불식간에 파쇄당해 버렸다.

비신대는 아니었다.

이미 그들에겐 그럴 만한 여력도 남아 있지 않았고 설혹 여력이 남아 있었다고 하더라도 그들의 힘만으로 천라지망을 부수는 건 절대적으로 불가능한 일이었다.

그런데 더 황당한 것은 남남서를 뚫은 놈들이 다름 아닌 흑지의 지원대라 한다. 그것도 족히 수만이 넘는 대규모 지원부대라 한다.

흑지라니?

"그럴 리가 없잖느냐!"

수만이 넘는 대규모의 병력이 어떻게 여기까지 올 수 있단 말인가?

"설마 중경이 뚫리기라도 했단 말이냐!"

그럴 리가 없었다.

중경은 중원 무림의 마지막 보루였다.

그런 만큼 그곳을 지키는 병력은 그야말로 구대문파를 위시한 무림맹 최정예 부대였다.

신승 혜광과 무당일현 진현은 물론이고 구대문파의 장로급 인사들이 대거 포진해 있었다. 지금껏 헤아릴 수 없이 많은 전투가 벌어진 곳이고, 그런 만큼 치열한 공방을 주고받던 곳임에도 어느 쪽도 힘의 우위를 점하지 못했을 만큼 첨예한 대립이 이루어지고 있던 곳이었다.

중경이 무너졌을 리가 없다.

그런 보고는 전혀 받지 못했다.

그에게 보고가 닿기도 전에, 그 짧은 시간에 중경이 무너졌다는 것은 더더구나 있을 수 없는 일이었다.

하지만 그렇다면 지금의 상황은 대체 어떻게 된 일이란 말인가?

그때였다.

야공에 신호탄이 올랐다.
아까와는 다른 색깔의 신호탄이다.
'남미서가 무너졌다!'
남남서가 뚫린 지 채 일각도 되지 않아 남미서가 무너졌다.
놀람을 넘어 경악, 아니, 그건 차라리 황당함이었다.
귀신에라도 홀린 듯한 기분이었다.
정찰을 나갔던 수하가 돌아온 것은 그렇게 황망해하고 있는 중이었다.
"어떻게 된 것인가? 정말로 흑지가 맞는가?"
"예. 분명 흑지의 본대였습니다. 그런데 그게…… 흑지의 본대를 이끌고 있는 자가……."
"누구인가? 흑지의 군주 아극소인가?"
"아극소가 아닙니다."
"아극소가 아니라니?"
수만의 군대를 이끌고 온 자가 그럼 대체 누구란 말인가?
아극소가 아닌데 수하의 저 창백하게 변한 안색은 대체 무슨 연유란 말인가?
이윽고 수하의 입에서 나온 이름은 임연마저도 사색이 되게끔 만들기에 충분했다.

"도제 백무강입니다!"

"뭐?"

"아극소의 얼굴도 보이긴 했습니다만 가장 선두에서 흑지의 본대를 이끌고 있는 것은 분명 도제 백무강이었습니다!"

얼굴은 정확히 모른다. 하지만 눈을 의심케 하던 그 절대적인 무력과 신위는 단연코 도제 백무강 것이 분명했다.

'도제라고?'

흑지가 처음 중원을 넘어왔을 때 잠깐 얼굴을 보인 것 외에는 지금껏 청성에 틀어박혀 있던 도제였다. 그런 도제가 움직였다.

'그렇다면 정말로 중경이 무너졌단 말인가?'

능히 그럴 수 있는 인물이다.

상상하는 그 어떤 것도 가능케 할 수 있는 인물이 바로 도제 백무강이란 존재다.

도제 백무강이란 이름에 정신이 다 혼미해져왔다.

하지만 마냥 넋을 놓고 있을 수만은 없는 일이었다.

그사이에도 남미동에서 소란이 일기 시작하고 있었다.

흑지의 기세는 그야말로 파죽지세였다.

순식간에 탕마신위대의 삼 할이 도륙당했다.

도제가 이끄는 흑지의 본대는 탕마신위대의 힘으로 감당

할 수 있는 것이 아니었다.

"퇴각한다!"

결정은 빨랐다.

오기를 부릴 때가 아니다.

시간을 끌면 끌수록 아군의 피해만 기하급수적으로 늘어날 뿐이다. 신속한 퇴각만이 탕마신위대의 희생을 줄이는 유일한 길이었다.

이젠 더 이상 이 전투는 추격전도 아니었고 기습전도 아니었다.

흑지의 본대가 중경을 넘었고 이를 도제가 이끌고 있다.

이것이 의미하는 바는 딱 하나였다.

'전면전이다!'

그렇게도 중원 무림이 외쳐댔던 전면전을 흑지 비사천문이 먼저 개시를 해온 것이다.

* * *

중경이 무너졌다.

중경을 지키던 삼만의 무림맹 최정예 고수들 중 일만 이천이 그곳에서 목숨을 잃었다.

비신대를 쫓던 이만의 탕마신위대가 고작 삼천의 생존자

만을 남기고 무림맹으로 귀환했다.

흑지 비사천문이 중경을 넘은 지 단 열흘 만에 무림맹 총단의 제일 저지선인 형문이 뚫렸고 그로부터 닷새 뒤에 제이 저지선 응성이 열렸다. 이제 한천만 넘으면 그 앞엔 바로 무림맹 총단이다.

도제 백무강.

이 모든 일을 가능케 만든 인물.

흑지라는 이름에 가려지고 파천대성이라는 이름에 밀쳐져 있던 그 이름이 다시 격변의 중심으로 등장한 것이다.

그랬다.

단 하루 만에 도문을 멸문시키고 또한 단숨에 서쪽 무림을 집어삼켜 버렸던 흑지의 그 무시무시한 힘을 잠시 잊고 있었다.

혈혈단신으로 흑지의 일만 고수들을 도륙한 파천대성의 무력에 도취해서 그것이 마치 자신의 업적인 양 흑지를 깔보고 있었다.

능히 고금을 통틀어 제일이라 칭할 수 있는 유일한 존재인 도제 백무강을, 그 무서움을 잠시 외면하고 있었다.

대가는 혹독했다.

그로부터 사흘 후였다.

무림맹, 그 위대한 이름이 참혹할 만큼 무참하게 흑지에 짓밟혀버린 것이다.

너무도 간단하게 무림맹 총단으로 들이닥친 흑지로 인해, 그 자리에서 팔천 명이 목숨을 잃었고 삼천이 스스로 검을 버리고 투항했으며 고작 사천 명만이 겨우 몸을 피해 목숨을 구했다.

더욱 통탄할 일은 무림맹주 복마검 탁종도가 도제 백무강의 일수에 시체도 남기지 못하고 죽임을 당했다는 것이다.

당연한 노릇이었다.

무림맹의 전력은 죄다 중경을 비롯해서 호남, 섬서 등 흑지가 장악하고 있는 서쪽 무림과의 접경 지역에 나가 있었다. 제일 저지선인 형문이 그렇게 간단히 뚫린 것도, 제이 저지선인 응성이 힘 한 번 써보지 못하고 그렇게 허무하게 무너진 것도 그 때문이었다.

중경이 뚫린 시점에서 흑지의 일만 고수를 막을 전력이 무림맹에는 이미 남아 있지 않았다. 중경에서 패퇴한 일만 팔천의 고수들이라도 합류했다면 상황은 달라졌을 수도 있지만 안타깝게도 그들이 합류하기 전에 이미 총단은 흑지의 칼날에 갈기갈기 찢긴 상태였다.

흑지의 공격을 가장 먼저 알고 이를 대비한 중경이 그럴진대 호남이나 섬서에 나가 있는 자들이야 오죽할까.

흑지의 본대가 한천을 넘어 무한으로 진입했을 때, 무림맹 총단에는 고작해야 급하게 끌어모은 일만 이천의 어중이떠중이와 부랴부랴 합류한 탕마신위대 삼천의 생존자가 전부였다.

고작 그런 전력으로는 애당초 흑지의 그 무시무시한 본대를 막아내기에는 턱없이 역부족이었다.

더구나 가장 선두에서 무림맹 방어진을 무력화시키던 도제 백무강의 신위는 가히 인간이 거스를 수 없는 절대적인 것이었다. 오죽했으면 형산파 제일의 고수라는 복마검 탁종도조차 검 한 번 제대로 휘둘러보지 못하고 그렇게 목숨을 잃었겠는가.

흑지의 공격은 그것으로 끝이 아니었다.

무림맹 총단을 간단히 짓밟은 그들은 무림맹 총단을 지원하기 위해 급하게 달려오던 중경의 일만 팔천 고수들을 급습해 다시 한 번 살육을 자행했다.

이어서 호남으로 남하해 거기에 주둔하고 있던 무림맹의 호남 방어진을 짓밟았고 급기야는 호남의 거성 형산파마저 철저하게 피로써 유린해버렸다. 무림맹이라는 구심점을 잃은 중원 무림은 그야말로 오합지졸이나 다름없었다.

그렇게 파죽지세로 강북 무림을 피와 공포로 휘몰아쳐 댄 흑지가 마침내 그 칼을 잠시 멈추고 천하 무림을 향해 외쳤다.

꿇어라! 그리하면 살 것이고 그리하지 않으면 죽을 것이다!

그 한마디면 충분했다.

이미 그들이 보여준 절대적인 무력 앞에 사람들은 저항을 포기했다.

강북 무림의 군소방파들이 앞다투어 흑지에 무릎을 꿇고 목숨을 구걸했다.

적어도 강북 무림에 터를 잡고 있는 군소방파들은 그렇게 흑지의 공포 앞에 숨을 죽였다.

오직 구대문파만이 그 앞에 당당할 뿐이다.

아니, 아미와 점창이 문을 닫고 청성이 현판을 내렸으며 형산이 멸문의 화를 당했으니 이제는 구대문파가 아니라 오대문파였다.

하지만, 하늘보다도 높은 자존심으로 당당한 오대문파였지만 그들 역시도 흑지에 대항할 힘은 남아 있지 않았다.

중경과 호남, 이윽고 섬서의 방어진까지 무너질 때 오대문파의 고수들도 이미 상당수 목숨을 잃었다. 그렇게 잃은 전력의 누수가 각 문파당 삼 할이 넘었다.

힘이 온전한 상태에서 구파가 힘을 합쳐도 도제 백무강이 이끌고 있는 흑지의 본대를 막아낼 수 있을지 장담키 어려운 판국인데, 구대문파의 세 기둥이 싸울 기력을 잃었고 남은 오대문파의 전력조차도 온전치 못하니 오대문파의 명운은 그야말로 바람 앞의 등불이나 진배없었다.

결국 흑지 비사천문은 어김없이 그들 오대문파에도 칼끝을 겨누었다.

소림, 무당, 화산, 종남, 공동에 고한다! 장문 영부를 가져오라! 그리하면 천 년의 역사를 지킬 것이다. 허나 그리하지 않는다면 먼저 소림이 피를 볼 것이고 다음은 무당, 그다음은 화산, 종남, 공동이 중원 무림 그 천 년의 역사와 함께 이 땅에서 사라질 것이다!

단지 협박이 아니었다. 능히 그럴 만한 힘이 그들에겐 있었다. 능히 그럴 만한 힘이 있음을 이미 충분히 증명을 했다.

더군다나 그 포고문의 끝머리에 찍힌 수인은 다름 아닌 도제 백무강의 것이었다.

천하가 떨었다.

정말 이대로 중원 무림 그 천 년의 역사가 끝날지도 모른다.

공포보다 더 깊은 절망이 사람들을 잠식했다.

하지만 절망이 깊어지면 깊어질수록 사람들의 눈이, 귀가, 마음이 향하게 되는 곳이 있었다.

현천문.

그리고 파천대성.

희망이 사라잔 강북 무림이었고 풍전등화와 다를 바 없이 위태로운 구대문파였다. 현 상황에서 흑지에 대적할 수 있는 세력은 현천문과 파천대성뿐이었다.

그랬다.

현천문이라면…….

흑지의 일만 고수를 혈혈단신으로 대적했던 파천대성이라면…….

'그래. 파천대성이라면 어쩌면 이 패악 무도한 사막의 악마들을 중원에서 몰아낼 수 있을지도 모른다.'

그런 생각이 무림인들의 뇌리에 자리를 잡기 시작했다.

물론 개중에는 이 모든 게 결국 현천문과 무림맹의 내분 때문이라며, 그로 인해 흑지에게 빌미를 제공한 것이라며 현천문을 비난하는 자들도 있었다. 하지만 이제 하나 남은 유일한 희망이 되어버린 현천문이기에 그 같은 비난은 간절한 열망과 절박한 기대 속에 이내 묻혀버렸다.

*　　*　　*

'이거 참, 이렇게 되길 바랐던 것은 아닌데…….'

관여락은 자신의 책상에 수북이 쌓인 서신들을 보며 고개를 잘래잘래 저었다.

죄다 강북 무림인들이 보내온 도움을 청하는 서신들이었다.

어떤 것은 비분강개였고 어떤 것은 우국충정이었으며 또 어떤 것은 구구절절이었다.

달리 정찰이 필요가 없었다.

그 서신들에 담긴 강북 무림인들의 탄식과 눈물만으로도 지금 강북 무림의 상황이 어떠한지 충분히 짐작할 수 있었다.

무림맹과 철사금장의 일로 첨예하게 대립하고 있을 때는 흑지가 한바탕 분탕질이라도 쳐줬으면 하고 내심 바라기도 했었다.

하지만 그 한바탕의 분탕질이 이렇게나 엄청난 폭풍이 될 줄은 생각도 못 했다.

흑지에 대해 잘못 판단하고 있었다.

중경을 뚫고 일거에 무림맹 총단을 칠 무력이라는 건, 그리해 강북 무림을 단번에 집어삼켜 버릴 힘이라는 건, 이미 현실이 되어버렸음에도 실로 상상이 되지 않았다.

'혈혈단신으로 그런 괴물 같은 놈들을, 그것도 일기당천을 넘어 만부막적의 신위로 일거에 쓸어버린 문주님은 대체 얼마나 더 괴물이란 거야?'

흑지에 대해 잘못 판단하고 있었듯이 천풍에 대해서도 잘못 판단하고 있었던 건지도 모르겠다. 용궐혈사의 이야기를 들었을 때도, 홀로 일만을 상대한 건 물론 놀랍고도 경이로운 일이었지만 그런 한편으로 흑지가 소문만큼은 강하지 않다는 생각을 먼저 했었다. 흑지를 조금은 만만히 봤던 것도 사실은 그 때문이었다.

그런데 흑지의 실질적인 힘을 이렇게 확인하고 보니 새삼 천풍에 대해서도 달리 보게 된다.

"그나저나 이제 어쩐다……?"

강북 무림이 너무도 쉽게 무너지는 바람에 이제 현천문은 중원 무림을 지탱하는 단 하나의 기둥으로 떠올랐다.

무림삼분계니 뭐니 할 것 없이 이로써 무림사세라는 울타리를 넘어 명실상부 중원 무림의 최고봉이 되어버렸다.

하지만 좋아할 일이 아니었다.

수천수만의 죽음 위에 만들어진 자리였다.

수천수만의 죽음을 짊어져야 하는 자리였고 또한 살아남은 자들을 지켜야 하는 자리였다. 그런 막중한 책임을 현천문은 얼떨결에 떠안아 버린 것이다.

허나 대체 무슨 수로 저 터무니없이 강한 흑지로부터 중원 무림을 지켜낸단 말인가?

현천문의 힘만으론 역부족이다.

만부막적의 위용을 자랑하는 천풍이 있다지만, 흑지에는 또한 도제 백무강이 있고 군주 아극소가 있다.

어떻게 주판알을 튕겨 봐도 계산이 나오지 않는다.

그렇다고 이대로 마냥 강 건너 불구경을 하고 있을 수도 없었다. 강북 무림을 온전히 수중에 넣은 흑지의 다음 행선지가 어디일지는 너무도 뻔한 수순이었다.

관여락이 그렇게 골머리를 쥐어 짜내고 있을 때였다.

수하 하나가 달려와 구대문파에서 사람이 찾아왔다는 소식을 전했다. 놀라운 것은 그렇게 현천문을 찾아온 구대문파의 사람이 다름 아닌 천풍의 지기인 혜광과 진현이라는 사실이었다.

제9장

혜광은 웃고 천풍은 운다

천국의 서

혜광과 진현이 찾아왔다는 소식은 당연히 천풍의 귀에도 들어갔다.

천풍은 그 길로 곧장 집무실 문을 박차고 달려 나갔다.

'살아 있었어! 살아 있었던 거야!'

흑지가 중경을 넘었다는 소식을 들었을 때 그가 가장 먼저 떠올린 것이 바로 혜광과 진현의 안위였다.

중경이 뚫렸다는 말은 그가 있었던 남녕은 물론이고, 혜광과 진현이 맡고 있던 서림과 그들이 술잔을 기울이며 같이 어우러져 검무를 추었던 옥화산마저도 이미 흑지의 본대에 무참히 짓밟혔다는 뜻이었다.

그런데 그 이후로 도무지 소식을 알 길이 없었다.

이리저리 백방으로 수소문해 봤지만 어쩐 일인지 도통 그 행방이 묘연하기만 했다. 더구나 무림맹 총단마저 무너뜨린 흑지 비사천문이 중경의 생존자들을 재차 급습했다는 소식까지 전해지니 그야말로 친구들의 걱정에 좌불안석이 되었던 참이다.

그런 참에 난데없이 그들이 현천문을 방문한 것이다.

그 조급함이야 말해 무엇하랴. 발이 보이지 않을 만큼 바삐 달려가면서도 자신의 더딘 걸음이 야속할 정도로 마음이 바빴다.

그렇게 바삐 달려간 끝에 드디어 친구들을 만났다.

애타게 보고 싶었던 친구들의 얼굴이 거기에 있었다.

그런데 그 반가운 재회를 마냥 기뻐할 수가 없었다. 그들을 눈에 담는 순간 천풍은 마치 벼락이라도 맞은 것처럼 그 자리에 얼어붙어 버렸다.

"자네……."

진현은 마지막으로 보았을 때의 모습 그대로였지만 혜광의 모습이 낯설었다.

달라져 있었다.

옥화산에서 같이 술을 마시며 검무를 추었던 그때의 모습이 아니었다.

"자네 팔이……."

처음에는 그저 승포에 가려진 것이라 생각했다.

그런데 아니었다.

왼쪽 팔이 보이지 않았다.

심지어 왼쪽 어깻죽지에선 아직 상처가 제대로 다 아물지도 않았는지 진물과 핏물이 한데 섞여 진득하게 스며 나오고 있었다. 안색 또한 핏기 한 점 없이 창백했다.

천풍이 이 믿고 싶지 않은 광경에 넋을 읽고 있자 혜광이 창백한 얼굴에 한 줄기 장난기 어린 미소를 매달았다.

"이젠 정말 돈을 많이 벌어야 할 거 같아. 팔 한 짝 없는 몸으로 삼처사첩을 거느리려면 돈이라도 많이 있어야 할 테니까 말이야."

혜광의 농담에도 천풍은 웃을 수 없었다.

입가에 걸린 그 장난기 어린 미소조차 제대로 보고 있을 수가 없었다.

천풍이 혜광에게서 시선을 돌려 진현을 보았다.

혜광의 이 같은 농담에 평상시라면 핀잔으로 응대했을 진현이건만 지금은 그 얼굴에 그저 씁쓸하고 메마른 미소만을 걸고 있다.

천풍은 그제야 지금 그가 보고 있는 것이 엄연한 현실임을 깨달았다.

가슴에 격랑이 몰아치고 목이 메고 눈이 뜨거워질 만큼 아프도록 시렸다. 천풍은 그렇게 이 믿고 싶지 않은 현실을 받아들여야 했다.

소림사 그 큰 이름이 좁다 했던, 그 높은 담장이 낮다 했던 자유분방하고 혈기방장했던 친구 혜광이 팔 하나를 잃고 만 것이다.

"뭐 해? 이대로 계속 세워둘 거야? 내가 겉은 좀 말짱해 보여도 지금 상태가 꽤 말이 아니거든?"

"……."

*　　*　　*

"아극소라는 놈 말이야. 내가 별의별 놈을 다 만나봤지만, 그놈처럼 싸우는 게 즐거워 보이는 놈은 처음 봤어. 아주 덩달아서 흥이 돋더라니까. 뭐, 지나치게 흥이 돋아버려서 결국 요 모양 요 꼴이 되어버렸지만……."

"나 때문이었네. 날 살리려고……."

"네 녀석의 목숨 값이야 서푼어치도 되지 않지만 뭐, 어쩌겠어? 네 녀석처럼 부실한 놈을 친구로 둔 것도 다 내 팔자소관인 거니. 이조 혜가께선 고작 깨달음 따위나 구하고자 팔을 잘랐는데, 난 팔을 잘라 목숨 하나를 구했으니 혜가 조사보다야 백배는 더 남는 장사를 한 거기도 하고. 그보다 아극소 그놈, 강하긴 강하더라고. 그것도 아주 무식하게. 이 녀석과 내가 협공을 했는데도 도무지 당해낼 수가 없더라니까. 나도 나지만 이 녀석의 태극혜검은 이미 십일성을 넘겨 이제 거의 대성의 경지를 눈앞에 뒀는데도 말이야."

"정말로 무서운 건 아극소 그자가 아니었지."

"그랬지. 도제 백무강."

그저 그 이름을 입에 담는 것만으로도 혜광의 눈에 어리는 것은 절망과도 같은 막막함이었다.

"내가 살면서 평생 딱 두 번 공포라는 걸 느꼈는데 말이야, 그 처음은 네놈이 용궐에서 무지막지하게 살육을 벌일 때였고 그 두 번째가 바로 도제 백무강이었지."

"사람이 아니더군. 그건 결코 사람의 힘이라고 할 수 없었네."

"천 명이든 만 명이든, 아니, 백만 대군이 있다고 해도 그 귀신 하나를 당해내지 못할 것 같았으니까. 그런데 말이야. 예전에 우리가 처음 의를 맺은 날, 그때 왜 도문의 남양지부에서 흑지 놈들과 한판 제대로 붙었었잖아? 그때 네 녀석이 흑지 놈들을 상대로 사용한 무공 말이야. 결의 무예라고 했었던...... 근데 이상하게 도제 백무강의 무공도 분명 그것과 같더란 말이지. 어떻게 된 건지 알아?"

당연히 알고 있다.

"내 결의 무예는 도제로부터 배운 것이네."

"역시!"

이미 짐작하고 있었다는 듯이 크게 고개를 끄덕인 혜광이 급히 물었다.

"네 녀석과 도제, 대체 무슨 사이야? 사제의 연이라도 맺은 거야? 그때 네 녀석은 분명 따로 무공을 배운 적은 없다고 했었잖아?"

"사제의 연을 맺은 것은 아니네. 그와는 딱 한 번 아주 잠깐 스치듯 만난 게 전부네. 그때 그가 내게 결의 무예를 보여주었었고."

"그게 뭐야? 그럼 그때 한 번 본 걸로 그 말도 안 되는 무공을 익혔단 말이야?"

"결의 무예란 여타의 무공처럼 암기와 수련으로 습득할 수 있는 것이 아니네. 그런 만큼 시간도 횟수도 중요하지 않지. 그저 결을 보고 이를 지배하면 그뿐. 다행히 당시 나는 이미 결을 볼 수 있는 눈을 가지고 있었네. 도제로부터 얻은 것은 그것을 지배하는 방법이었지."

천풍의 설명에도 혜광은 잘 이해가 되지 않는다는 표정이었다.

그래서 설명을 덧붙이려는데, 그 전에 진현이 불쑥 끼어들었다.

"그러니까 도제가 사용한 무공이 천풍 자네의 무공과 같은 부류라는 거지?"

천풍이 고개를 끄덕이자 이번엔 혜광이 물었다.

"네 녀석과 같은 무공이라면, 네 녀석이라면 도제 그 늙은 귀신을 잡을 수도 있는 거 아냐?"

무림에 숨은 기인이사가 많다지만 그들이 겪어본 도제 백무강은 이미 사람의 영역 속에 있는 자가 아니었다. 단언하건대 도제 백무강을 상대할 수 있는 자가 있다면 그건 하늘 아래 천풍이 유일할 것이다.

혜광과 진현은 그렇게 믿고 있었다.

하지만 그들이 보내오는 뜨거운 시선에 천풍은 힘없이 고개를 저을 뿐이었다.

"나로서는 도제를 이길 수 없네."

이길 수 없다.

같은 결의 무예로는.

이미 세상 속에 있지 않은 도제에겐 세상과 이어주는 결 자체가 존재하지 않으니까.

천풍의 말이 결코 겸양이 아니란 것은 그 표정에서 충분히 읽을 수 있었다. 그것이 일말의 여지도 없다는 사실도 바로 알 수 있었다.

그럼에도 한 가닥 미련을 버리지 못하고 묻는 진현이다.

"도제를 이길 수 없다면, 결의 무예를 공략할 수 있는 방법이라도 알려줄 수 없는가? 하다못해 터럭만 한 약점이라도 말이네."

물론 그것이 결국 천풍에게 스스로 목줄을 매라는 것과 같은 의미란 점은 잘 알고 있었다. 그럼에도 기댈 사람이 천풍뿐이기에 염치불구 그렇게 묻는 것이다.

하지만 안타깝게도 이번에도 씁쓸히 고개를 내젓는 천풍이다.

"앞서도 말했지만 결의 무예는 여타의 무공과는 그 궤를 달리하는 것이네. 수련과 깨달음을 통해 허를 메워가는 일반의 무공과는 달리, 그것은 이미 그 자체로 완전한 무공이지. 허는 존재하지 않네. 이를 공략할 방법 또한 없네. 그래도 굳이 상대를 해야 한다면……."

"해야 한다면?"

"활뿐이겠지. 활이라면 가까이 가지 않고도 공격은 할 수 있으니까."

그다지 도움 되는 대답은 아니었다.

결의 무예는 차치하고라도 도제 백무강은 이미 일백 년 전에 일신 무공이 입신의 경지에 오른 고수였다.

십만의 궁수가 백만 대의 활을 쏜다고 해도 그것이 천 리 밖에서 쏘는 것이 아니라면 활이 시위를 떠나기도 전에 그보다 먼저 궁수대의 목숨 줄을 끊어놓을 것이다. 그들이 본 도제는 능히 그것이 가능한 자였다.

"정녕 방법이 없는 것인가?"

진현이 절망에 찬 한숨을 내쉬었고,

"결의 무예로 안 된다면 그럼 천극신공은?"

혜광은 지푸라기라도 잡으려 했다.

그런데 그렇게 움켜쥔 지푸라기에 천풍이 반응했다.

생각 안 해 본 것이 아니다.

물론 그가 결의 무예를 멀리한 가장 큰 이유는 그 완전함으로 인해 사람의 목숨마저도 하찮게 여긴 끝에 인성을 잃고 악귀가 되어가는 스스로의 변화를 경계함이었다. 하지만 그 한편으로 도제를 의식했던 것 또한 사실이다.

같은 결의 무예로는 결코 도제를 이길 수 없다.

결의 무예와는 다른 형태의 완전함이 필요했고 그래서 허를 지운 삼류무공을 다시 재조합하여 보다 더 완전해진 무공을 만들겠다 생각했던 것이다.

그리고 그날, 흑지의 일만 고수들을 상대하며 깨달았다.

천극신공이 완성되었음을.

치열했던 그날의 실전을 통해 흑지 사천 고수의 목숨을

양분으로 천극신공은 완전해졌다.

다만 그것이 과연 도제에게 얼마나 통할지는 장담할 수 없었다.

아니, 가능성은 희박했다.

수백 수천 번 머릿속에 도제와의 싸움을 그려보았지만, 결과는 항상 같았다.

소멸.

단 한 번도 이기지 못했다.

하지만 그럼에도 티끌만큼의 가능성이라도 있다면 그것은 분명 천극신공이었다. 비록 가상의 비무에서는 번번이 패했지만 실전에서는 어쩌면 다를 수도 있지 않을까?

승부욕일 수도 있고 부질없는 객기일 수도 있지만 스스로의 힘을, 그리고 천극신공의 가능성을 도제를 통해 직접 확인해보고 싶은 마음도 분명 있었다.

그런 천풍의 마음을 엿본 진현이 천풍에게 말했다.

"내달 초사흘에 회합이 열릴 것이네."

"……?"

"구대문파의 장문인들이 모두 모이는 자리네. 아미와 청성, 점창은 물론이고 형산의 살아남은 형제들도 모두 모이기로 했네. 물론 이는 흑지와의 일전을 결하기 위해 구대문파의 중지를 모으기 위함이고."

내달 초사흘이면 흑지 비사천문이 구대문파에 장문 영부를 바치라 기한한 날로부터 닷새 전이다.

당연히 멸문의 화를 당할지언정 장문 영부를 넘길 구대문파가 아니었다. 결국 흑지와 마지막 일전을 결하려는 것이다.

"그래서 말이네만, 자네도 와주지 않겠나? 천풍 자네가 와준다면 우리에겐 큰 힘이 될 것이네."

혜광이 한쪽 팔을 잃고 몸을 채 추스르기도 전에 그들이 이렇게 급하게 천풍을 찾아온 가장 큰 이유가 바로 이것이었다.

앞으로 있을 흑지와의 결전에 천풍의 힘을 빌리고자 함이다.

단지 도제 백무강에 대한 대안만이 아니다.

천풍에게는, 절망밖에는 남지 않은 상황에서 체념하고 포기해버린 중원 무림의 마음을 그 존재만으로도 새롭게 결집시킬 수 있는 힘이 있었다.

물론 그래도 어려운 싸움이었다.

도제 백무강을 필두로 한 흑지 비사천문의 무력은 분명 중원 무림의 힘을 능가하고 있었다. 새롭게 중원 무림이 결집되고 거기에 다시 현천문이 합류한다고 하더라도 전황은 크게 바뀌지 않을지도 모른다. 무엇보다 도제 백무강에 대한 대책이 없었다.

유일한 희망이었던 천풍마저 지극히 비관적인 태도를 보이고 있지 않은가.

그런 상황이었다.

그런 상황에서 이렇듯 천풍에게 도움을 청하는 것은 같이 죽어달라는 것이나 같았다. 그렇기에 천풍을 보는 그들의 표정에는 간절함과 더불어 미안함도 같이 있었다.

그들의 마음이야 잘 알고 있었다.

그렇게 미안해하고 죄스러워하면서도 자신에게 이런 부탁을 할 수밖에 없는 그들의 처지 또한 너무도 잘 헤아리고 있었다.

하지만 천풍은 그들이 내민 손을 선뜻 잡아주지 못했다.

그 혼자만이라면 추호도 망설이지 않고 그들의 손을 잡았을 것이다. 설혹 그 끝이 죽음일지라도 그는 기꺼이 친구들과 같이 죽는 길을 택했을 것이다.

하지만 지금 그는 혼자가 아니었다.

현천문 삼만의 목숨을 짊어지고 있었다.

자신의 미숙함으로 인해 벌써 천오백의 아까운 목숨들을 잃었다.

그 가족들의 비탄과 눈물과 한숨이 아직도 가슴에 생생히 박혀 있다.

현천문 형제들에게 중원 무림을 위해 다시 목숨을 내어 달라 말할 용기가 나지 않았다. 흑지와의 일전으로 또다시 잃게 될 그 많은 목숨들을 지켜볼 자신이 없었다.

그래서 마음을 나눈 친우들의 부탁에도 그가 할 수 있는 대답이라고는 그저 생각할 말미를 달라는 것뿐이었다.

혜광도 진현은 그길로 바로 자신들의 문파로 돌아갔다.

반가운 재회였고 또한 아픈 해우였지만, 그래서 그들을 붙잡고 사흘 밤낮이라도 술잔을 기울이고 싶었지만 자신의 망설임이 미안해서 차마 붙잡지 못했다.

특히나 혜광을 볼 면목이 없었다.

자신의 팔이 잘려나간 것만큼이나 아팠고 마치 자신이 혜광의 팔을 자른 것처럼 죄스러웠다.

아극소에 대한 분노 또한 컸다.

혜광의 팔을 떠올릴 때면 아극소의 얼굴도 또한 떠올라서 살의를 주체하기 힘들 지경이었다.

정말이지 마음 같아서는 회합을 기다릴 것도 없이 당장 무한으로 달려가고 싶은 심정이었다. 그러나 역시 혼자의 몸이 아니다.

현천문 삼만 문도의 목숨을 어깨에 짊어지고 있는 그가 사사로운 감정에 휘둘려 그들을 사지로 내몰 수는 없는 노릇이었다.

"허나 어차피 가야 할 길입니다."

천풍의 망설임에 대한 관여락의 답은 그렇게 단호했다.

"흑지가 원하는 것은 중원입니다. 강북에서 멈출 리 없습니다. 흑지가 그 칼날을 강남으로 돌리기 전에 구파와 손을 잡고 먼저 그들을 치는 것이 오히려 희생을 최소화하는 길입니다."

알고 있다.

피한다고 피할 수 있는 싸움이 아니다.

관여락의 말대로 조금이라도 그 희생을 줄이려면 구대문파와 손을 잡는 길뿐이다.

하지만,

"어디까지나 우리가 이긴다는 가정하에서는 그렇죠."

그랬다.

희생의 많고 적음을 택할 수 있는 것도 결국 전쟁에서 이겼을 때의 일이다.

흑지와의 마지막 일전에서 패한다면 삼만의 현천문도는 그 자리에서 떼죽음을 당할 수도 있었다. 그리고 그가 도제 백무강이라는 크고 높은 산을 넘지 못하는 한은 흑지와의 전쟁은 결국 필패가 될 것이었다.

과연 그런 희생을 각오하면서까지 희박한 확률에 삼만의

목숨을 내던질 만큼 중원 무림이 가치가 있는 것일까?

구대문파야 목숨보다 명예가 중할지 모르지만 천풍에겐 명예보다도 현천문 문도들의 목숨이 더 중했다. 그것이 현천문 문도들을 살리는 유일한 길이라면 지금 흑지에 무릎을 꿇은 강북의 여러 군소방파들처럼 그 역시 얼마든지 그들 앞에 무릎을 꿇을 수 있다.

하지만, 그 한 몸 무릎을 꿇는다고 이 전쟁이 끝날 리도 만무하고 흑지가 과연 이를 흔쾌히 받아줄지도 장담할 수 없는 노릇이다.

무엇보다 그의 손에 흑지의 사천 고수가 도륙을 당했다.

그가 현천문 문도 천오백의 목숨에 그렇게 무참한 살육을 벌였는데, 그보다 많은 사천의 목숨을 잃은 흑지의 원한이 과연 겨우 그 하나 무릎을 꿇는다고 용서가 될 수 있을까?

천풍의 목숨 줄이라도 내어 놓으라 할지도 모른다.

물론 천풍은 자신의 목숨을 내어서까지 흑지와의 평화를 원할 만큼 성인의 마음을 갖고 있지 않았다.

이래저래 쉽게 결정을 내리기가 힘들다.

그렇다고 언제까지 구대문파를 기다리게 할 수는 없는 노릇이었다.

회합일이 내달 초사흘이라면 시간이 촉박했다.

한시바삐 결정을 내리고 답을 주어야 했다.

현천문에 또 다른 방문자가 찾아온 것은 천풍이 그렇게 결정을 못 하고 깊은 고심에 빠져 있을 무렵이었다.

"오랜만에 뵙네요, 대협…… 아니, 이젠 문주님이라 불러야 하나요?"

방문자는 그렇게 천풍에게 인사를 건네 왔다.

순간 천풍의 얼굴에는 진현과 혜광을 보았을 때만큼이나, 아니, 그보다 더한 반가움이 떠올랐다.

"그간…… 무고하셨습니까? 추 소저……."

그 방문자는 다름 아닌 도문의 멸문 이후 소식이 끊겼던, 신주오기의 하나이자 도문의 유일한 생존자 일기도향 추도향이었다.

"그때 신강으로 향했다는 소문은 들었습니다만…… 그동안 어떻게 지내셨습니까?"

추도향은 많이 변해 있었다.

물론 아름다움이야 여전했지만 흐른 시간만큼 완숙해져 있었고 잘 벼린 칼날처럼 날카롭던 기도도 한결 누그러져 있었으며, 무엇보다 그토록 강렬했던 눈빛이 그 빛을 잃었다.

그러고 보니 당당했던 어깨도 어딘지 좁아진 듯 보였다.

보고 있자니 가슴 한편이 저릿해왔다.

추도향이 이렇게 가냘픈 여인이었던가 싶었다.

대체 그동안 이 여인에게 무슨 일이 있었던 것일까?

"도문을 멸문시킨 자들의 행적을 쫓아 사막을 넘었어요. 흑지를 찾았죠. 그곳에서 도제를 만났어요. 그리고 지금까지 그와 함께 있었어요."

"지금까지 도제와 함께 계셨단 말씀입니까?"

"예. 흑지가 중원을 넘을 때도, 그가 당가주 당세양을 죽일 때도, 아미를 치고 청성을 무너뜨릴 때도 줄곧 그와 같이 있었어요."

"그럼 추 소저께선 흑지와 뜻을 같이하기로 하신 겁니까?"

천풍의 얼굴이 한층 심각해졌다.

불안도 보였고 불신도 보였다.

다행히 추도향의 대답은 '아니요'였다.

"제가 도제의 곁에 머물렀던 것은 단지 그가 무엇을 하려는지 그것이 알고 싶었던 것뿐이에요. 그가 하려는 일이 도문을 버릴 만큼의 가치가 있는 것이었는지 제 눈으로 직접 확인해보고 싶었어요. 하지만 부질없는 미련이란 걸 알았죠. 그가…… 도제가 무엇을 원하는지, 무엇을 하려는지, 무엇이 그에게 도문을 버리고 중원마저 버리게 만들었는지 아무것도 알 수 없었어요. 그의 곁에서 그를 지켜보면 볼수록 오히려 더 알 수가 없게 되어버렸어요. 하긴, 그를 측량한다는 생각부터가 애초에 제겐 과한 욕심이었던 거죠."

굳이 긴 말이 필요가 없었다.

그녀가 도제 백무강과 뜻을 같이하지 않았다는 점은 그 말투만 보아도 알 수 있었다.

태사조라는 호칭 대신 '그'라는 호칭을 사용하고 있는 것이다. 그것이 조금 낯설기도 했지만, 또 한편으론 안심이 되기도 했다.

그렇게 천풍이 걱정을 놓고 있는데 추도향이 한 마디를 덧붙였다.

"아마도……."

"……?"

"그를 측량할 수 있는 사람이 있다면 그건 제가 아니라 아마도 당신일 테죠."

"무슨…… 말씀입니까?"

"그가 도문을 버리고 흑지로 돌아간 것도, 그리해 중원을 향해 칼을 들게 한 것도 모두 당신이니까. 그리고 그때까지도 남아 있던 한 가닥 망설임마저 떨치게 만든 것 또한 문주님 당신이구요. 그래서 지금 이렇게 그 손에 직접 중원무림의 피를 묻히고 있는 거죠."

정말이지 잘 이해가 되지 않았다.

"이 모든 게 저 때문이라구요?"

천풍에겐 그것이 생뚱맞을 만큼 황당한 말이었다.

그런 천풍을 보며 추도향이 차분히 말했다.

"도제의 심중에 어떤 계획이 있어 그리되었는지는 저도 알지 못해요. 하지만 그날…… 황학루에서 당신을 만났던 그날, 그때였어요. 그가 변한 건."

하지만 여전히 이해가 안 된다.

그날의 만남은 그야말로 그저 잠깐 스쳐 지난 것에 불과했다.

천풍에겐 그것이 물론 큰 의미가 있는 만남이었지만 그것이 도제 백무강에게도 그만큼의 의미가 있었다고는 도무지 생각할 수 없었다.

그도 그럴 것이 도제 백무강은 모든 사람에게 짧은 만남으로도 큰 의미가 되는 사람이었지만, 그때의 천풍은 도제에 비하면 정말이지 하찮은 존재였던 것이다.

그렇게 하찮았던 천풍이다. 그런 자신이 만인의 흠모와 존경을 받던 도제를 이처럼 살귀로 만들었다는 것은 마치 미풍에 천 년 고송이 부러졌다는 말과 크게 다르지 않았다.

게다가 한 가닥 망설임마저도 떨치게 했다는 것은 또 무슨 말일까?

"남녕에서 당신이 흑지의 일만 고수들을 도륙 내기 전, 어떤 분이 도제를 찾아왔었어요."

"어떤 분이라면?"

"현천."

"……?"

"신비살수 현천의 이름 정도는 들어보셨겠죠?"

"에?"

천풍이 놀란 눈을 휘둥그레 떴다.

"신비살수 현천이라니요? 설마 그…… 이백 년 전의……?"

"네, 그래요. 이백 년 전의 천하제일고수, 그날 도제를 찾아온 사람은 신비살수 현천이었어요."

이번 이야기는 조금 전 그 모든 게 자신의 탓이라 들었던 것보다 더 생뚱맞고 더 황당했다.

"그가…… 아직도 살아 있었단 말입니까?"

"도제와 현천, 어차피 세상의 상식으로는 담을 수 없는 자들이니까요."

아무리 그래도 그렇지 사람이 이백 년을 넘게 살다니?

천풍은 이 믿을 수도, 그렇다고 믿지 않을 수도 없는 기사(奇事)가 그저 황당할 뿐이었다. 그러다 문득 떠오른 생각에 화들짝 놀랐다.

'그럼 혹시 그 노인이 현천이었던 거야?'

풍천을 그에게 주었던 노인.

현천과 관련이 있거나 아니면 현천의 후세쯤으로 생각했던 그 노인이 어쩌면 현천 본인일 수도 있다는 것이 아닌가?

만일 그렇다면 그를 찾아 진가장에 들렀었다는 노인도 바로 현천이었다는 뜻이다.

'현천이 왜?'

왜 자신을 찾은 것일까?

그와의 연관성이라면 고작해야 천극지상의 체질뿐이다.

'아니지. 풍파결이 그 사람의 무공이니…….'

배운 것이야 금천우에게 배웠다지만 풍파결은 엄연히 현천이 창안한 현천만의 독문무공이었다. 그걸 익혔다는 것은 곧 어찌 되었든 간에 사승의 연을 맺었다는 뜻이었다.

그 때문인 걸까? 일면식도 없던 그를 진가장까지 찾아왔던 일도, 천하제일의 명마라는 팔준 도려를 그에게 준 일도.

그 모든 것이 천풍에겐 무의미하다면 무의미하달 수도 있는 그 작은 인연 때문이었을까?

"분명한 건 현천으로부터 들은 한마디로 인해 도제가 그 마음에서 망설임을 지웠다는 거예요."

"한마디라뇨?"

"당신과 싸우게 되면 부서지는 것은 도제가 될 거라는 말이었죠."

"제가 도제를 이긴다고요?"

"현천은 분명 그렇게 말했어요."

하지만 이 또한 전혀 납득이 되지 않는다.

전날 도제가 그랬었다.

'결의 무예' 그 이름을 지은 이가 바로 현천이라고.

그렇다는 것은 현천 역시도 결을 볼 수 있다는 뜻이고, 또한 도제에게는 그 결이 보이지 않는다는 것도 알고 있다는 뜻이다.

'그런데도 내가 이긴다고?'

"그가 이런 말도 했어요. 자신이 당신을 통해 본 것을 도제는 보지 못한 모양이라고. 세상에 머물러 있다는 것과 세상으로부터 버려졌다는 것의 의미도 온전히 이해를 못 한 모양이라고."

혼란스러워하는 천풍에게 도움을 주고자 덧붙인 말이지만 안타깝게도 그 말은 천풍을 더욱더 혼란스럽게만 할 뿐이었다.

"결국 현천의 그 말이 도제를 움직이게 만든 거예요. 처음 중원을 넘을 때 그 손에 당문과 청성의 피를 묻히긴 했지만 그래도 그때는 망설임이 있었어요. 언제나 수동적이었고 피동적이었어요. 흑지가 중원을 넘은 것도, 서쪽 무림을 장악한 것도, 남녕에서의 전쟁 또한 모두 군주 아극소의 뜻이지 도제의 뜻은 아니었어요. 물론 그건 이번에도 마찬가지예요. 중경을 넘어 무림맹의 총단을 공격한 것은 분명 아극소가 계획한 일이에요. 하지만 그 침공의 선봉에 도제가 선 것은, 그리해 그 손에 중원 무림의 피를 묻힌 것은 어디까지나 도제 본인의 확고한 의지였어요. 정벌이니 정복이니 무림일통이니 하는 것 따위에는 하등 관심도 없던 그가 바로 파천대성 당신 때문에 지금 이렇게 숱한 피를 뿌리고 있는 거예요."

추도향은 그렇게 말을 끝맺었지만 천풍은 여전히 뭐가 뭔지 어리둥절하기만 했다. 하지만 그렇게 어리둥절한 중에도 한 가지 사실만큼은 분명했다.

거짓을 말할 추도향이 아니다.

확실하지도 않은 일로 경솔히 말을 뱉을 여인이 아니다.

하물며 이미 수천수만의 목숨이 희생된 일이 아니던가.

그리고 앞으로 또 그만큼의 희생을 감내해야 할지도 모르는 일을 두고 섣불리 자신에게 이런 말을 할 리가 없다.

인정하고 싶진 않지만 그녀의 말대로 이 모든 것은 결국 자신 때문에 빚어진 일일는지도 모른다.

그에게 잘못이 있다 할 순 없지만 그럼에도 그 책임으로부터 또한 자유로울 수가 없는 것이 사실이다.

"혹시…… 도제를 만날 방법이 없겠습니까?"

천풍이 불쑥 꺼낸 말에 흠칫하는 추도향이다.

"도제를 만나겠다구요?"

"예."

"만나서는요?"

"도제가 진정으로 원하는 게 무엇인지 들어보겠습니다. 저로 인해 도제가 변한 것이 사실이라면 그를 다시 되돌려 놓을 수 있는 사람 또한 제가 아니겠습니까?"

"쉽게 되돌릴 수 있는 마음이었다면 처음부터 변하지도 않았을 거예요. 아니, 설혹 그 마음을 되돌린다 하더라도 이제 와 달라질 건 아무것도 없어요. 중원 무림과 흑지는 이미 너무 멀리 와 버렸으니까."

"그래도 만나봤으면 합니다. 어차피 변하는 것이 없다고 하더라도 적어도 제 마음을 결정하는 데는 도움이 될 테니까 말입니다."

"하지만 그는 대화를 원하지 않을 수도 있어요."

천풍에 대한 도제 백무강의 마음은 결코 호의가 아니었다.

어쩌면 다짜고짜 천풍을 죽이려 들지도 모른다.

"괜찮습니다."

"그를 상대할 자신이 있나요?"

"아뇨, 자신 없습니다. 하지만 두렵지는 않습니다."

도제가 원하는 것이 대화가 아니라면 그건 그것대로 나쁘지 않았다. 아니, 객기일지도 모르지만 가슴 저 깊은 곳에서 스멀스멀 치밀어오르는 감정은 낯설게도 승부욕이었다.

현천 때문이었다.

그와 싸우게 되면 부서지는 것은 오히려 도제가 될 거라 했다던 현천의 말이, 현천으로부터 직접 들은 것도 아니고 이렇다 할 근거조차도 없는 그 말이 심장을 뜨겁게 했다.

이길 수 있을 것 같았다.

바로 직전까지만 하더라도 도제와 칼을 겨눈다 생각하면 그저 암담하기만 했었는데 지금은 한 번 제대로 싸워서 승패를 결하고 싶다는 마음마저 있었다.

"당연히 공식적인 만남은 아닐 테죠?"

추도향의 질문에 천풍이 고개를 끄덕였다.

공식적인 만남은 아니다.

공식적인 만남이라면 어쩔 수 없이 현천문 문주라는 감투를 써야 한다.

중원 무림의 관심과 기대도 떠안아야 한다.

그만큼 부담스럽고 또한 거추장스러울 수밖에 없다.

어쩌면 오래지 않아 그런 부담과 거추장스러움을 떠안아야 할지도 모르지만 지금은 그러고 싶지 않았다.

지금 그가 도제를 만나고자 하는 것은 어디까지나 사사로운 관심과 호기심일 뿐이다.

"방법이 있겠습니까?"

지금까지 도제의 곁에서 머물러 있었던 만큼 추도향이라면 도제와의 비공식적인 만남을 비밀리에 주선해줄 수 있지 않을까?

"그건 어렵지 않아요."

아니나 다를까, 추도향이라면 가능했다.

떠나는 것이 자유로웠던 만큼 다시 돌아가 도제를 만나는 것 또한 어렵지 않을 것이다.

"다만……."

목숨이 위험할 수도 있다.

추도향은 다시 한 번 그 말을 입에 담으려다 그만두었다.

무의미했다.

도제의 무서움이야 누구보다도 그가 더 잘 알 것이다.

그런데도 그 눈빛이 너무 굳건했다.

그 굳건한 눈빛이 또한 어떤 기대를 갖게 한다.

사별삼일이면 괄목상대라 했던가.

관여락이 천풍을 보며 느꼈던 것 그 이상으로 지금 추도향은 천풍의 변화를 실감하고 있었다.

그러고 보면 그리 길지 않은 시간, 그녀가 도제의 곁에 머물러 있던 사이 천풍에겐 참으로 많은 일들이 있었다.

장경각의 일로 소림에 쫓겼고 현천을 만났으며 천절문의 문주라는 허울을 스스로 벗어던지고 현천문의, 일문의 진정한 주인으로 거듭났다. 또한 그 손에 수많은 피를 묻혔으며 생명의 무게도 처절하리만큼 아프도록 받아들였다.

그 모든 과정들이 집약되어 지금 천풍의 눈에 담겨 있었다.

이젠 정말 한 시대의 거인이 되어 있었다.

멀리서 풍문으로만 듣던 파천대성의 크기가 새삼 피부로 절절하게 느껴져 왔다.

왠지 그것이 자신의 일인 양 뿌듯하면서도 또한 그 거리감에 쓸쓸한 바람이 마음에 불었다.

추도향은 그런 스스로의 묘한 감정들을 애써 외면하고 천풍에게 말했다.

"알겠어요. 도제에게 당신의 뜻을 전하도록 하죠. 물론 그가 이에 응할지는 장담할 수 없지만요."

"아, 그리고 하나만 물어봐도 되겠습니까?"

"……?"

"혹시 도문을 재건하실 뜻이 있으십니까?"

돌연한 질문이었다.

천풍으로부터 이런 질문을 받게 될 줄은 미처 생각 못 한 탓에 잠시 천풍의 진의를 살피는 추도향이다. 그러자 천풍이 급히 손사래를 쳤다.

"별다른 뜻이 있어서 여쭌 것은 아닙니다. 도문을 재건하실 뜻이 있으시다면 제가 도울 수 있는 일도 있지 않을까 해서요."

"음…… 말씀은 고맙지만 도문을 재건하겠다는 생각은 없어요. 한때 그런 생각을 하지 않은 것은 아니지만 도문을 만든 것도, 그리고 도문을 버린 것도 도제라는 것을 알게 되고 나서는 모든 게 무의미해져 버렸죠. 도문은 결국 도제의 것일 뿐, 처음부터 제 것이 아니었던 거예요. 제 것도 아닌 것에 집착할 이유가 없잖아요."

추도향의 목소리는 처연했다.

모든 것을 버린 듯도 하고 모든 것으로부터 자유로워진 듯도 했다.

그런 추도향에게 천풍이 조심스럽게 물었다.

"그렇다면 말입니다. 혹시 달리 갈 곳이 없으시다면 현천문에 머물러 보시는 건 어떻겠습니까?"

"예?"

"아니, 그게 그러니까…… 달리 갈 곳이 없으시다면 말입니다. 아니면, 달리 갈 곳이 정해지기 전까지라도……."

어쩐지 허둥지둥하는 천풍이다.

별다른 의미를 두고 꺼낸 말은 아니었다.

예전과 달리 어딘지 지쳐 보이기도 하고 기운이 없어 보이기도 한 추도향의 모습에 괜스레 마음이 짠해져서 그렇게 불쑥 던진 말이었다.

그런데 막상 말을 꺼내놓고 보니 그 안에 추도향에 대한 자신의 마음이 보였다.

떨어져 있던 시간만큼 그녀를 그리워했었다는 것을.

그리해 이제부터라도 곁에 두고 가까이에서 지켜주고 싶다는 것을.

그러한 감정들이 낯설고 쑥스러워서 자꾸만 얼굴이 뜨거워지는 천풍이다.

하지만 그런 천풍과는 달리 추도향의 목소리는 무덤덤했다.

"알겠어요. 제가 묵을 방 한 칸만 빌려주신다면 당분간 현천문에 신세를 지도록 할게요."

"정말입니까?"

"예. 대신 이번 일을 무사히 끝낸 후에요. 도제와 만나는 자리에서 무슨 일이 생길지는 아무도 모르는 일이잖아요. 만일 거기서 당신에게 무슨 변고라도 생긴다면 이곳 현천문도 더는 존재할 수 없을 테니까. 설혹 현천문의 명맥이 유지된다고 하더라도 주인 없는 집에 염치없이 신세를 지고 싶지도 않구요. 그러니까…… 목숨을 아끼세요."

목소리는 무덤덤하다 못해 차갑기까지 했다. 하지만 천풍은 그 속에서 걱정을 읽었다.

어쩌면 그것이 칼끝에서 살아온 그녀가 사내에게 보일 수 있는 최대치의 상냥함일지도 모른다.

천풍이 기분 좋게 웃은 것은 그러한 이유에서였다.

제10장

소림풍운(少林風雲)

"도제를 만나시겠다구요?"

관여락의 반문에 천풍이 고개를 끄덕이며 덧붙였다.

"물론 도제가 허락을 해야 하는 거겠지만 일단 추 소저와 함께 무한으로 갈 생각입니다. 이는 현천문의 문주로서 가는 것이 아니라 어디까지나 사사로이 떠나는 길인 만큼 철저히 비밀에 부쳐야 합니다."

그 말인즉슨 관여락 외에 그 누구도 이 사실을 몰라야 한다는 뜻이다.

당연했다.

가뜩이나 현천문의 행보에 촉각을 곤두세우고 있는 무

림이다. 이 일이 만일 외부로 알려지게 된다면 온갖 억측이 난무할 것이고 불필요한 기대나 터무니없는 오해를 받게 될 수도 있었다.

"하지만 너무 위험한 길이 아닙니까?"

그야말로 섶을 지고 불 속으로 뛰어드는 것과 진배없었다.

도제가 마음먹기에 따라선 도제를 포함해서 흑지의 본대 전부를 상대해야 될 수도 있었다.

"나로 인해 천하 무림이 위험해진 것일 수도 있는데 나만 위험을 피해 다닐 수는 없는 일 아니겠습니까?"

"허나……."

천풍은 현천문의 문주다.

천풍의 안위에 현천문 삼만 문도의 목숨이 걸려 있었다.

하지만 관여락은 차마 천풍을 말릴 수 없었다.

자신의 목숨이 얼마나 무거운지는 천풍이 더 잘 알고 있었다. 그런데도 이 같은 결정을 했다는 것은 그만한 이유가 있다는 뜻이다. 무엇보다 그가 말린다고 한번 결정한 일을 다시 번복할 위인이 아니었다.

"알겠습니다. 그럼 그렇게 알고 준비를 하겠습니다."

천풍이 그렇게 하기로 결정을 했다면 이제 할 일은 천풍의 지시를 충실히 이행하는 것뿐이다.

할 일이 많았다.

현천문 문도들에게조차 비밀로 해야 하는 일인 만큼 천풍이 자리는 비우는 것에 대한 위장과 연막도 필요했고, 천풍이 자리를 비운 이후의 일도 미리 준비하고 대비를 해야 했다.

"아, 그리고 한 가지 더 부탁드릴 게 있는데요."

"무슨……?"

"저기 동편에 빈 전각이 하나 있지 않습니까?"

"예. 그런데 그건 왜……?"

"제가 무한을 다녀오는 동안 손을 좀 봐주셨으면 해서요."

"……?"

"이번 일이 끝나고 나면 추 소저께서 묵으실 거라서요."

"추 여협께서 본문에서 지내시게 된다는 말씀입니까?"

"예. 당분간……."

"당분간이라시면……?"

"그건 저도 잘 모르겠습니다만…… 아무튼 오래 계실지도 모르니 거기에 맞게 불편함이 없으시도록 잘 좀 준비해 주세요."

순간 관여락은 이상한 낌새를 느꼈다.

"혹시 문주님과 추 여협 두 분 사이가……."

관여락의 말에 천풍이 다급히 손을 내저었다.

"아, 아닙니다. 그런 건…… 추 소저와는 그저…… 과거에 약간의 인연이 있었던 것뿐입니다. 아직 그런 건……."

'아직이라고?'

게다가 당황한 기색이 역력한 얼굴에는 어울리지 않게도 홍조마저 떠올라 있었다.

정말이지 의외였다.

다른 현천문 문도들과 마찬가지로 관여락 역시 천풍의 마음은 항아에게 있는 것이라 생각하고 있었다.

그도 그럴 것이 항아를 대하는 천풍의 태도가 여느 여인을 대할 때와는 사뭇 달랐던 것이다.

하물며 강남제일미 취옥선이나 화산일검향 단화영을 대할 때도 그처럼 살갑고 살뜰했던 적이 없었다.

물론 아직 어린 소녀였다. 그리고 그 미모가 취옥선이나 단화영에 비할 바도 아니었다. 하지만 사람의 취향이란 게 모두가 같을 수는 없는 일 아닌가?

그렇게 생각하고 있었다.

그런데 지금 보니 천풍의 마음에 있는 것은 항아가 아니라 추도향이지 않은가.

"문주님. 외람되지만 하나만 여쭤 봐도 되겠습니까?"

"……?"

"진 소저 말입니다. 문주님께 진 소저는 어떤 분이십니까?"

관여락의 질문에 천풍이 흠칫했다.

"앞으로 제가 그분을 어떤 마음으로 대해야 할지 이젠 그걸 알아야 할 때가 된 듯해서 여쭙는 것입니다."

천풍은 잠시 갈등했다.

그렇잖아도 이 문제로 생각이 많던 참이었다.

지금까지야 굳이 관계를 들출 필요가 없었다고는 해도, 그럴 리야 없겠지만 만에 하나라도 이번 여정 길에 그가 잘못되기라도 한다면 후일을 대비할 필요성이 있었다. 이를 위해서라도 관여락에게만큼은 사실을 알려야 하지 않나, 생각하고 있던 참에 관여락이 먼저 말을 꺼내주니 차라리 잘되었다 싶었다.

"항아는 제 친동생입니다."

순간 어리둥절해하는 관여락이다.

그가 물은 것은 어디까지나 항아에 대한 천풍의 마음이었지 관계가 아니었다. 그런데 갑자기 생각지도 못했던 혈연관계가 튀어나오니 뜬금없고 생뚱맞은 거야 당연했다.

"진 소저가 정말 문주님 친동생이란 말씀입니까?"

"예. 그 아이는 아직 모르고 있지만 항아는 저와 피를 나눈 친남매입니다."

"그럼 진가장은…… 진가장주가 그럼 문주님의……."

"아닙니다!"

"……?"

"진가장과는 아무런 관계도 없습니다. 진가장주 또한 저와는 아무런 상관도 없는 사람입니다. 이미 일찍이 목숨보다도 무거운 칼로 인연을 끊어냈습니다. 그러니 부문주님도 진가장과 저를 관계 짓는 일은 절대로 없어야 할 것입니다."

천풍의 말투는 강압적이다 싶을 만큼 단호했다.

그 어떤 여지도 남겨두지 않는 말에 관여락은 차라리 안심을 했다.

그가 본 진가장주 진가오는 천풍의 발목을 잡으면 잡았지 결코 도움이 될 사람으로는 보이지 않았으니까.

"아무튼, 일이 그러하니 저 없는 동안이라도 부문주님께서 항아에게 신경을 좀 써 주십시오."

"예, 여부가 있겠습니까. 진 소저의 일이라면 심려치 마십시오."

관여락과의 대화는 그것으로 끝이 났다.

그렇게 관여락과 헤어진 천풍은 그길로 항아를 찾아갔다.

하지만 이미 밤이 늦은 시각이었다.

불도 꺼져 있었다.

처소 밖에서 잠시 인기척을 살피니 이미 잠자리에 든 후인 듯싶었다.

참으로 긴 시간이 흘러 만난 동생이었다.

그런 만큼 가능하면 오래도록 곁에 머물게 하고 싶었다. 적어도 진가장으로는 다시 돌려보내고 싶지 않았다. 그러자면 자신이 그녀의 오라비임을 밝혀야 했다.

하지만 그럴 용기가 없었다.

자신의 의사는 아니었다고 해도 오랜 세월 동안 그 모진 풍파 속에 그녀와 그녀의 어머니를 방치한 그였다. 그녀가 어떻게 받아들일지 그것이 겁이 났다. 게다가 먼 여정을 앞두고 있는 상태였다. 그런 엄청난 사실을 툭 하니 던져놓고 무책임하게 떠나버릴 수는 없는 일이었다.

'그래. 이번 일을 마치고 나면 그때……'

그때는 그녀에게 사실을 말하리라 결심을 굳힌 천풍은 잠시간 더 항아의 불 꺼진 방을 바라보고는 이내 자신의 처소로 걸음을 돌렸다.

*　　*　　*

천풍은 추도향과 함께 다음 날로 바로 여정 길에 올랐

다.

회합까지는 이제 스무날도 남지 않았다. 그리고 호북성은 먼 길이었다. 그 전에 도제를 만나려면 시간이 촉박했다.

당연히 비밀리에 은밀하게 움직였다.

사전에 관여락이 준비를 철저히 해준 덕분에 아무도 몰래 현천문을 빠져나가는 것은 문제가 없었다. 하지만 정작 문제는 현천문을 나서고 나서부터였다.

추도향이 문제였다.

정확히는 추도향의 외모가 탈이었다.

말을 타고 이동할 때는 상관이 없었는데 장강을 건너기 위해 포구에서 배를 기다리는 동안은 사람들의 시선이 온통 추도향에게로 모여들었다.

여기저기서 수군대는 목소리들이 들려왔다.

왜 아니 그렇겠는가.

그렇잖아도 아름다운 여인이었다.

경국지색이라 해도 결코 부족하지 않을 만큼 화려한 여인이었다.

하지만 그때는 그 화려함만큼이나 베일 듯 날카롭고 에일 듯 차가워서 범접하기 어려운 기운을 품고 있었다면, 지금은 그간 여러 일들을 거치면서 그 아름다움의 색깔이 바

꿔어 있었다.

차가움은 청초함을 더했고 날카롭던 기운은 한결 차분해져 있었다.

그야말로 흠잡을 데 하나 없는, 뭇 남성들의 이상향에 가장 완벽하게 부합되는 모습이었다.

그러다 보니 뭇 사내들의 뜨거운 시선과 뭇 여성들의 질시 어린 눈빛은 지난날의 것보다도 더 노골적이었다.

"저기…… 전에 제가 사드린 여인관은 어떻게……."

그때도 지금과 크게 다르지 않은 곤욕을 겪었었다.

아니, 멋모르고 껄떡대던 의창목가의 후예가 추도향의 칼에 팔이 하나 잘리기까지 했으니 그것은 지금보다 더 큰 곤욕이었다. 아무튼 그리해 그녀의 얼굴을 가릴 수 있도록 여인관이라는 모자를 사줬었다.

그런데 어쩐 일인지 그게 보이지 않았다.

필요에 의해서였다고는 하지만 그래도 선물이라면 선물인데 그것이 보이지 않으니 왠지 섭섭한 마음도 들었다.

"그건…… 사막의 모래바람을 견디기에는 너무 약했어요."

하긴, 해가 몇 번을 바뀌었다.

더구나 그녀의 말대로 사막의 모래바람은 쇠가죽도 닳게 만들 만큼 거칠었다. 지금까지 무사할 리가 없다.

"그럼 이참에 새로 하나 사죠. 저 앞에 양원이라는 포목점이 절강에서는 가장 유명한 포목점이니까 아마 저번 거보다 더 좋은 여인관도 있을 겁니다."

천풍은 그 즉시 추도향을 이끌고 포목점 양원으로 향했다.

마음이 급했다.

사람들의 시선이 불편하기도 했거니와 침을 질질 흘려대는 뭇 사내들의 넋 빠진 면상들을 보고 있자니, 또다시 의창목가의 목세창과 같은 불을 좇는 불나방처럼 가련한 인생이 나오지 않을까 걱정이 앞섰다.

그런데 그들이 막 포목점 양원 앞에 이르렀을 때였다.

갑작스럽게 급하고 거친 말발굽 소리가 들린다 싶더니 얼마 안 있어 한 필의 말이 달려와 그들의 앞에 멈춰 섰다.

"천풍 형님, 대체 어딜 그렇게 말도 없이 가시는 거예요?"

천상의 선동 같은 귀여운 얼굴에 짐짓 서운함을 담아 그렇게 말하는 사람은 다름 아닌 이진하였다.

"자네가 여긴 어떻게 알고……."

아무도 몰래 빠져나온 길이었다. 심지어 당직 경비무사들조차 천풍이 현천문을 나온 사실을 모를 정도로 조심히 움직였다.

"어떻게 알긴요. 그냥 우연히 안 거지. 대체 어딜 가세요? 아무래도 먼 길 가시는 모양인데 이 아우한테 귀띔 정도는 해주셔야 하는 거 아니에요?"

우연일 리가 없다.

마황성의 눈이 철저히 그를 감시하고 있었던 게 틀림없었다. 이진하가 아직도 절강성에 머물러 있는 것도 어쩌면 천풍의 움직임에 보다 신속하게 대처하기 위함일는지도 모른다. 그리해 지금도 저렇듯 살피는 눈으로 천풍을 보고 있는 것이다.

이해 못 할 바는 아니다.

마황성의 존망을 현천문에 걸었으니 생존을 위한 그 나름의 노력일 것이다. 하지만 그렇다곤 해도 이 속 모를 아이를 믿을 수 없는 것은 어쩔 수 없었다. 아니, 이진하를 보며 단 한 순간도 불신과 경계를 놓아본 적이 없었다.

그 불신과 경계가 지금 이 순간 조금 더 깊어졌다. 하지만 그런 한편으로 차라리 잘되었다 싶었다.

그렇잖아도 물어보고 싶은 것이 있었다.

"그 전에 먼저 하나만 묻지."

"저한테요? 뭔데요?"

"무림맹 총관 철사금장 홍유의 일, 네가 한 일이냐?"

천풍이야 오래도록 묵혀둔 의문이지만 그 질문을 받는

이진하에겐 그야말로 난데없고 갑작스러운 공격이었다.

언제나 천풍 앞에서는 천진난만한 미소를 잃지 않던 이진하지만 이 순간만큼은 그 천진난만한 웃음을 유지하지 못했다.

딱딱하게 굳은 얼굴에 그 눈빛은 섬뜩하도록 싸늘하게 변했다.

이미 그것이 이진하의 진실된 모습임을 알고 있는 천풍이다. 천풍은 이진하의 싸늘한 눈빛을 굳건히 마주했다.

순간 둘 사이에는 숨 막히는 긴장이 흘렀다. 하지만 그도 잠시, 언제 그랬냐는 듯 이진하는 이내 다시 그 얼굴을 천진난만한 미소로 덮었다.

"좋아요. 사실대로 말씀드릴게요. 대신 천풍 형님도 지금 어디를 가시는지 저한테 솔직하게 말씀해주세요."

"네가 정말로 있는 그대로의 사실을 말한다면 나 또한 그리할 것이다."

천풍이야 쉽게 말을 바꿀 위인이 아니란 것을 누구보다도 이진하가 더 잘 알고 있었다. 재차 확인할 필요가 없었다.

"철사금장의 일, 천풍 형님이 생각하시는 대로예요. 형님이 생각하시는 대로 철사금장을 죽인 흉수는 우리 마황성이에요. 그리고 그것을 지시하고 실행에 옮긴 것도 물론 저

구요. 하나 더 말씀드리자면 위서량, 그자가 현천문을 그렇게도 앞뒤 없이 흉수로 몰아세운 것도 실은 제가 그자에게 따로 손을 썼기 때문이구요."

"따로 손을 쓰다니?"

"섭혼술이라고 아세요?"

물론 알고 있다. 이름 그대로 사람의 혼을 홀리는 사술이다. 하지만 그런 게 있다는 정도만 알고 있었지 실제로 그런 일이 가능하리라고는 한 번도 생각해본 적이 없었다. 그런데,

"그걸 제가 조금 익혔거든요."

"섭혼술을 익혔다고?"

다른 사람이 그 같은 말을 했다면 그냥 농담으로 치부해 버렸을 테지만 이진하의 입을 통해서 듣게 되니 전혀 농담 같지가 않았다. 왠지 이진하라면 그보다 더 사악한 것도 익히고 있을 것 같았다.

"뭐, 그렇게 대단한 건 아니구요. 어차피 일반인들에게나 통하지 내공이 정순한 무림인들에게는 무용지물이나 다름없으니까. 그래도 위서량 그자에겐 꽤나 잘 먹히더군요. 가뜩이나 편협한 인간이 주제도 모르고 천풍 형님에 대해 열등감에 시기심에 원한까지 품고 있으니 그 밑바닥에 깔린 증오심을 움직이는 건 의외로 간단하더라구요."

"왜지? 대체 왜 그렇게까지 하면서……"

"철사금장을 죽인 것이 마황성이란 사실을 짐작하셨다면 그 이유 또한 알고 계실 텐데요? 당연히 마황성의 생존을 위해서죠. 물론 지금 생각하면 괜히 쓸데없이 잔머리를 굴린 셈이긴 해요. 무림맹이 흑지에게 그렇게 간단히 잡아먹힐 줄 누가 알았겠어요? 뭐, 그 덕분에 천풍 형님께 이렇게 솔직하게 털어놓을 수도 있는 거지만 말이에요. 지난 일의 진위를 따질 놈들이 전부 사라진 상황이잖아요. 무림맹도, 형산파도……."

이로써 천풍이 짐작했던 모든 것이 결국 사실로 드러났다.

그런 참담한 일을 저질러놓고도 이진하의 얼굴은 뻔뻔스러울 정도로 당당해 보였다.

죄의식 하나 없는 그 얼굴을 보고 있자니 울컥 화가 치밀어 올랐다.

"지난 일의 진위를 따질 곳이 단지 무림맹과 형산파만은 아니지. 그 일로 누명을 썼던 현천문 역시도 네게 따질 것이 있지."

"그래서요? 마황성에 그 죄를 물을 거예요?"

"못 할 것도 없지."

"아뇨. 못 하실걸요? 제가 아는 천풍 형님은 보기보다 훨씬 더 이성적인 분이시죠. 그리고 제가 언제든 마음을 바꿔 흑지와 손을 잡을 수 있다는 것을 알고 계시구요. 무림맹이 사라진 마당에 굳이 마황성을 적으로 돌릴 만큼 현천문이 입은 피해가 그리 크지는 않으니까요."

그렇기에 이진하가 이토록 순순히 모든 진상을 털어놓는 것이다.

화가 나긴 했지만 천풍은 이진하의 말을 반박하진 못했다.

그의 말대로였다.

무림맹이 건재해서 현천문을 계속 압박했다면 또 모르지만 무림맹이 사라진 시점에서 이미 과거지사가 되어버린 일이다. 굳이 들추어내서 서로의 피를 볼 필요가 없다. 게다가 지금 시점에서 마황성이 흑지와 손을 잡기라도 한다면 그거야말로 큰 문제가 된다.

그런 것을 다 내팽개치고 마음 내키는 대로 하기에는 이진하의 말대로 현천문이 입은 피해가 그리 크지도 않을뿐더러 천풍은 보기보다 훨씬 더 이성적인 사람이었다.

'하긴, 이 소악귀도 그 나름대로 마황성의 생존을 위해 벌인 일이었으니…….'

전혀 이해 못 할 바도 아니다.

천풍이 그렇게 마음을 돌리자 기다렸다는 듯 이진하가

물었다.

"저는 제가 할 수 있는 만큼 충분히 대답을 해드린 것 같은데…… 이제 형님이 대답해 주셔야죠? 여기까지 오신 걸 보면 강을 건너려는 것 같은데, 이렇게 은밀하게 어디를 가시는 거죠?"

약속한 일이었다.

이진하의 그 속 모를 흉계를 생각하면 꺼려지는 마음이야 당연했지만, 이진하가 솔직하게 털어놓은 진실 또한 결코 가볍지 않은 만큼 그 역시 이제 와서 다른 말을 할 수는 없는 노릇이었다.

그래서 솔직하게 털어놓았다.

"도제를 만나러 간다."

그것만큼은 전혀 짐작하지 못했던 모양인지 이진하가 놀란 눈을 휘둥그레 떴다.

사실 이진하가 짐작한 것은 회합이었다.

얼마 전 혜광과 진현이 현천문을 다녀간 사실을 알고 있었고 그들의 목적 또한 알고 있었다. 그들의 방문 후 천풍이 은밀하게 움직이자 당연히 회합에 참석기 위해, 아니면 자신의 뜻을 구대문파의 수장들에게 전하기 위해 가는 것이라 생각했다.

그런데 도제를 만나러 가는 길이라니?

"도제를 왜요?"

천풍이 왜 도제를 만난단 말인가?

"이 모든 상황들이 나로 인해 빚어진 것이니까."

"……?"

"매듭을 묶은 사람이 나이니 그 매듭을 푸는 것 또한 내가 할 일이지."

도대체가 무슨 말을 하는지 모르겠다.

"이 모든 상황이 형님으로 인해 빚어진 일이라니…… 혹시 도제와 일찍부터 아는 사이셨어요?"

"인연이 있었다."

"그럼 도제가 흑지로 돌아간 것도, 그리해 흑지를 이끌고 중원을 침범한 것도 모두 형님과의 그 인연 때문이라는 말씀이세요?"

"틀리지 않다."

"대체 무슨 인연인데요?"

이진하의 물음에 천풍이 냉랭한 어투로 말했다.

"그것까진 말해줄 이유가 없는데? 내가 약조한 것은 어디까지나 지금 내가 어딜 가는지에 대해서만이니까."

천풍의 말에 이진하가 쓴웃음을 베어 물며 머리를 긁적였다.

궁금하긴 했지만 거기에 대해서 더 물어봐야 이 고지식

한 인간이 순순히 말해줄 리가 없다. 하지만 그것만으로도 꽤 많은 정보를 얻은 이진하였다.

'그러니까 도제가 갑자기 그렇게 변한 것이 천풍 형님 때문이라는 거지?'

도문을 멸문시키고 중원 무림을 침범한 것만 봐도 그것이 결코 좋은 인연은 아닐 것이다.

'이제야 좀 이해가 되네.'

도제의 돌연한 변심과 흑지의 중원 정벌 야욕.

사실 늘 궁금해하던 부분이었다.

근본적인 원인을 알아야 그에 맞는 대책을 세울 수가 있기에 다방면으로 조사를 했었다. 하지만 도통 그 원인을 찾을 수가 없었다. 도무지 이유도 모르겠고 이해도 할 수 없었던 상황, 그나마 지금 천풍으로 인해 단편적으로나마 원인이라도 알게 된 것이다.

"그래서요? 도제를 만나서 어쩌시려는 건데요?"

"나도 모른다. 도제가 어떻게 나오느냐에 따라서 달라지겠지."

"그럼 지금 아무런 대책도 없이 도제를 만나러 간다는 거예요?"

어이가 없었다.

"형님 말씀대로라면 형님으로 인해 중원을 적으로 돌린

도제잖아요? 웃으면서 볼 사이도 아닌 것 같은데, 그러다 도제가 살의라도 드러낸다면요?"

"싸워야겠지."

"그 노마를 대적할 수 있어요?"

"아마도 힘들겠지."

당연했다.

용궐에서 천풍의 신위를 보고 이 사내라면 능히 천하를 발아래 조아리게 만들 수 있다 생각했다. 그 믿기지 않는 신위는 그만큼 압도적이었고 그만큼 강했다. 하지만 그건 도제에 대해서 잘 몰랐을 때의 생각이었다.

무림맹 총단을 시산혈해로 만든 흑지가 그대로 밀고 내려와 호남을 칠 때, 그때 그 자리에 이진하가 있었다. 비록 아주 멀찍이 거리를 두고 구경한 것에 불과했지만, 그날 본 도제의 모습은 그저 풍문으로만 들으며 어림짐작으로 상상했던 도제의 모습과는 확연히 달랐다.

도제는 이미 그로서 절대자였다.

그 누구도, 그 어떤 것도 거스를 수 없는 절대적 무력이 거기에 있었다.

용궐에서의 그 대단했던 파천대성조차, 그날의 그 강렬했던 신위조차 도제의 절대적 무력에 그 빛을 잃을 지경이었다.

너무 일렀다.

아직은 아니다.

이대로 성급하게 도제와 천풍이 맞붙어서는 안 된다.

적어도 도제에 대한 확실한 대책을 세운 다음이어야 했다.

"가지 마세요."

이진하는 단도직입적으로 말했다.

"형님은 이제 형님 혼자만의 몸이 아니에요. 형님이 짊어지고 있는 게 단지 현천문만도 아니구요. 형님은 중원 무림의 유일한 희망이에요. 아니, 이미 중원 무림 그 자체가 되어버렸어요. 형님이 이 길로 도제를 만나 혹여 잘못되기라도 한다면 중원 무림 전체가 무너지게 된다는 말씀이에요."

"그건 네가 관여할 일이 아니다."

"아니죠. 엄연히 저도 중원 무림인이고 형님한테 마황성의 명운을 걸었는데 당연히 관여할 자격이 있죠."

"나는 네게 마황성의 명운을 내게 걸라고 한 적이 없다."

"그렇다고 걸지 말라고 한 적도 없죠."

"그 또한 나하고는 상관없는 일이다."

"그래서 부득불 도제를 만나러 가겠다는 거예요?"

"적어도 너로 인해 내가 걸음을 돌리는 일은 없을 것이다."

천풍은 시종일관 단호했고 딱딱했다.

철사금장 홍유의 죽음이 결국 이진하의 소행임을 확인하고 나니 이젠 경계를 넘어 적개심마저 일었다.

앞으로는 이진하에게 휘둘리지도 않을 것이며 휘두르게 하지도 않을 것이다. 마음에 단단히 벽을 치고 이진하가 들어올 여지를 철저히 막겠다는 그 의지가 눈빛이며 표정에서 숨김없이 드러나고 있었다.

어떤 말로도 천풍의 발길을 돌릴 수 없다는 것은 확실히 알았다.

이진하는 그동안의 천진했던 웃음을 얼굴에서 지우고 그 역시 딱딱한 목소리로 말했다.

"좋아요. 어차피 제가 무슨 말을 한다 해도 형님이 마음을 돌리실 일은 없겠죠. 하지만 이것 하나만은 명심하세요. 제가 흑지가 아닌 중원 무림의 편에 서려고 한 것은, 제가 중원 무림에 그 뿌리를 두고 있어서도 아니고 중원 무림에 남다른 애정이 있기 때문도 아니에요. 어디까지나 천풍 형님 때문이었어요. 오직 천풍 형님이 가진 그 힘에 대한 믿음 하나가 저를 중원 무림의 편에 서게 한 거죠. 그러니만큼 천풍 형님에게 무슨 일이라도 생기면 저는 다시 미련 없이 중원 무림을 버리고 흑지의 편에 설 생각이에요. 그게 마황성이 생존할 수 있는 유일한 길이니까."

협박이자 통고였고 그러면서도 부디 무사하라는 그 나름의 걱정이었다.

그러고는 뒤도 돌아보지 않고 왔던 길을 다시 돌아가 버리는 이진하다.

이진하의 말은 결코 허언이 아닐 터이다.

천풍이 이 길로 도제에게 어떤 화를 당하게 된다면 그는 정말로 미련 없이 중원 무림을 등질 것이다. 흑지의 편에 서서 서슴없이 중원 무림을 향해 칼날을 들이댈 것이다.

그렇잖아도 세 불리를 겪고 있는 중원 무림이다. 마황성마저 돌아선다면, 그리해 등 뒤에서 칼을 꽂기라도 한다면 중원 무림은 필멸을 피할 수 없다.

의식하지 않으려 해도 어깨가 무거워지는 것은 어쩔 수 없다.

'이거 참, 정말로 내 양어깨에 중원 무림의 명운을 짊어지게 된 거로군.'

도제의 뜻을 꺾지는 못한다 할지라도 반드시 살아 돌아와야 할 이유가 생긴 셈이다.

'뭐, 어차피 죽으려고 가는 길도 아니고 죽음을 각오하고 가는 길도 아니었으니…….'

천풍은 이진하로 인해 괜히 무거워지고 심각해지고 복잡해지는 마음을 훌훌 털어냈다. 그런 것들을 미리부터 끌어

안고 가면 정작 도제를 만났을 때 하고 싶은 말을 못 하게 되고 듣고 싶은 말을 못 듣게 될 뿐이다.

오직 도제만을 생각하기로 했다.

그리해 장강을 건너 호북성에 도착하고 그렇게 도제와의 거리가 점점 가까워지자 다른 것은 생각나지도 않았다.

이진하도, 마황성도, 중원 무림도 이미 잊힌 지 오래였다.

모든 관심이 도제에 맞춰졌다.

그를 만날 생각에 설레고 그를 만날 생각에 또한 두려웠다.

그러면서도 마음은 바빠서 흑지의 본대가 자리를 잡고 있는 무한까지 한달음에 내달렸다.

그렇게 그들이 무한에 도착한 것은 황혼이 지고 날이 제법 어둑어둑해졌을 무렵이었다.

동호의 수려한 풍경과 황학루의 고고한 아름다움, 그 너머로 보이는 장강대교의 유려한 정경까지 모든 것이 눈에 익다.

왜 아니 그렇겠는가.

일찍이 도문 일백 년의 역사가 있었던 곳이고 뒤이어 무림맹 총단이 터를 잡았던 곳이다. 도문이 멸문을 당하던 날에 무한 땅을 밟았었고 남녕으로 떠나며 무림맹의 마지막 흔적을 눈에 담았었다.

감흥이 남다를 수밖에 없다.

하지만 그의 감흥이야 추도향에 비할 바는 아니었다.

무한에서 평생을 살아온 그녀였다.

풀 한 포기 나무 한 그루 눈에 익지 않은 곳이 없다.

그런데도 낯설다.

고향의 정겨움도 느껴지지 않는다.

오히려 삭풍 속의 황무지처럼 허허롭고 쓸쓸하다.

도문이 없다는 것, 그 사실이 이곳을 아프도록 낯설게 만들고 있는 것이다.

추도향은 그러한 마음을 애써 흘려버리고는 천풍에게 말했다.

"동호 아래에 일신루라는 주루가 있어요. 거기에서 잠시 기다려주세요. 도제를 만나 문주님의 뜻을 전하고 약속 날을 잡아올게요."

천풍은 고개를 끄덕였다.

공식적인 만남이 아니다. 그러니 그가 직접 흑지의 본진으로 갈 수는 없는 일이었다.

"그럼 부탁드리겠습니다."

그렇게 추도향은 흑지의 본진을 향해 말머리를 돌렸고 천풍은 추도향이 말한 대로 동호 아래의 일신루로 향했다.

그런데, 마을 안으로 들어서고 보니 어쩐 일인지 마을 분위기가 이상했다.

'무슨 일이지?'

처음에는 그저 무림맹이 멸문지화의 화를 당하고 이곳을 흑지가 장악하게 되면서 자연스레 마을 분위기도 조금은 삭막해진 거라 생각했다.

하지만 단지 삭막해진 것만이 아니었다.

어딘지 소란스럽고 또 어딘지 어수선했다.

일신루에 들어서자 그 같은 분위기는 더욱 선명해졌다.

식탁마다 삼삼오오 모인 주객들이 저마다 침중하고 경직된 얼굴로 심각한 이야기들을 주고받고 있었는데 그 내용이 하나같이 흑지에 관한 것이었다.

"이건 너무 빠르잖은가? 흑지 놈들이 예고한 날은 아직도 열흘이 넘게 남았지 않는가 말일세."

"사실 기한이야 의미가 없는 거였지. 그 자존심 높은 구대문파가 죽기로 싸울 것은 불을 보듯 뻔한 일이니까."

"그거야 모르지. 구대문파가 모두 건재하다고 해도 승부를 장담키 어려운 판국인데 구대문파 중 네 개 문파가 이미 멸문을 당하다시피 한 상황이 아닌가? 승산이 없는 싸움이지. 승산도 없는 싸움에 과연 그들이 자존심 하나 때문에 문파의 존망을 걸까? 이미 칠십 년 전에도 그 대단하던 소림과 무당조차 황군의 창칼을 피해 봉문을 선언했던 적이 있지 않은가 말일세."

"흑지를 어찌 황군에 비하겠는가? 황제의 명은 곧 천명이고, 아무리 부당한 명이라고 해도 천명을 거스를 수는 없는 노릇이기에 소림과 무당이 봉문을 택한 거지만 흑지는 다르지 않은가? 설혹 멸문의 화를 당하더라도 결코 오랑캐에 굴복할 구대문파가 아니네. 천 년의 역사가 그렇게 호락호락한 것이 아니라는 말이네."

"이 친구 말이 맞아. 실제로 흑지에 맞서기 위해 구대문파에서 비밀리에 회합까지 갖기로 했다더군. 구대문파뿐만이 아니네. 흑지의 무력 앞에 무릎을 꿇은 강북 무림의 군소방파들 중에서도 상당수가 그 회합에 힘을 실어주기로 했는데 그 규모가 이미 이전 무림맹을 넘어설 정도라는 거야."

"그럼 이번에 흑지가 움직인 것이 그 때문이라는 건가?"

"그럴지도 모르지. 강북 무림이 다시 뭉치는 것에 위협을 느끼고 먼저 선수를 치기로 한 것일지도 모르고, 아니면 구대문파의 뜻은 그것으로 충분히 알았으니 굳이 약속한 기한까지 기다릴 필요를 못 느낀 것일 수도 있고."

"거참. 그런 큰일을 도모하면서 어찌 그렇게 보안을 허술하게 한 건지……."

"그건 아니네. 흑지가 소림을 향해 칼을 뽑아 든 마당이라 이제 비밀이랄 것도 없이 되어버렸지만 바로 얼마 전까지만 하더라도 각 문파의 수장들만 알고 있었던 일이라고 하더군. 심지어 종남에 몸담고 있는 내 동생조차 그 사실을 까마득히 몰랐었다고 하니 말이야."

"한데 그걸 흑지가 어떻게 알았단 말인가?"

"그야 나도 모르지. 각 문파의 수장들 중에 배신자가 있었던 걸지도 모르고."

술자리에서 오가는 주객들의 이야기를 듣고 있던 천풍은 더는 참지 못하고 자리에서 뻘떡 몸을 일으켰다.

"그래서…… 그래서 지금 흑지가 소림을 칠 계획이라는 말씀입니까?"

느닷없이 천풍이 그들의 대화에 끼어들자 주객들이 순간 어리둥절한 눈으로 천풍을 본다. 하지만 그도 잠시, 얼큰하게 취한 한 사내가 답답하다는 투로 말했다.

"소림을 칠 계획이라는 게 아니라 이미 치러 간 지 닷새가 넘었네, 이 사람아."

흑지가 소림을 치러 간 지 닷새가 넘었다.

흑지의 이동 속도를 감안할 때 아무리 대군이라도 빠르면 이틀 안에 소림에 당도할 것이다.

지체할 시간이 없다.

하지만 아무리 급해도 추도향은 만나야 했다.

추도향을 만나서 반드시 확인해야 할 문제가 있었다.

천풍은 급히 일신루를 빠져나왔다. 그리고 추도향이 달려간 방향으로 그대로 말을 몰았다.

반대편에서 달려오던 추도향과 다시 만난 것은 그로부터 채 일각도 지나지 않아서였다.

"어떻게 되었습니까?"

"흑지의 본대는 이미 소림을 향해 떠났어요."

그거야 이미 알고 있다.

천풍이 정말로 궁금해하는 것은 그것이 아니었다.

"도제는요?"

도제의 행방이었다.

"도제는 어찌 되었습니까?"

"도제도 같이 떠났어요. 소림으로."

최악의 상황이었다.

도제까지 같이 갔다면 소림의 명운은 그야말로 풍전등화의 위기에 놓인 것이나 진배없었다.

지금 이 순간 천풍의 뇌리 속에 떠오른 것은 혜광이었다.

더없이 혈기방장하고 자유로웠던 친구.

그런 그가 참으로 어울리지 않는 모습으로 자신의 앞에 나타났었다.

지켜주지 못했다.

태어난 날은 달라도 죽는 날은 같이하자 했던 그날의 맹세가 무색하게 그의 눈이 닿지 않는 곳에서 혜광은 팔을 잃었다.

그러면서도 아무렇지 않다는 듯 그에게 미소를 보였었다.

언제나와 같은 미소였다. 하지만 또한 언제나와는 다른 미소가 아직도 가슴에 박혀서 아프도록 찔러댄다.

그런데 이젠 그 목숨마저도 위태로운 지경에 처했다고 한다.

막아야 했다.

지체할 시간이 없었다.

혜광이 도제와 마주하기 전에 그가 먼저 도제를 만나야 했다.

그리해 천풍은 소림사를 향해 급히 말을 몰았다.

그렇게 꼬박 하루를 말을 달렸다.

그런데도 소림은커녕 아직 호북성도 벗어나지 못했다.

게다가 타고 온 말도 이미 지칠 대로 지친 상태여서 이대로 더 무리를 시킬 수 있는 상황이 아니었다.

'이럴 줄 알았으면 풍천이라도 데려오는 것을…….'

후회해봐야 소용없는 일이었다.

아니, 은밀하게 움직여야 했던 만큼 어차피 데려올 수도 없는 상황이었다.

"이대로는 안 되겠습니다. 말을 버려야겠습니다."

한시라도 빨리 소림에 가야 했다. 여기서 지체할 시간이 없었다. 그러자면 말을 버리고 경공을 이용하는 수밖에 없었다.

하지만 추도향의 생각은 달랐다.

"여기서 소림까지 먼 길이에요. 문주님의 경공이라면 늦지 않게 당도할 수 있을지는 몰라도 그만큼 내공의 소모가 클 거예요. 어쩌면 도제를 상대해야 할지도 모르는데 그건 너무 큰 부담이에요."

"저는 괜찮습니다."

어차피 그에겐 써도 써도 마르지 않는 삼백육십 개의 혈정이 있었다. 꼬박 사흘 밤낮을 내달려도 지치지 않을 터, 고작 하루야 전혀 부담될 것이 없었다. 그리고,

'모르긴 몰라도 도제와 승부를 결하게 된다면 그건 절대로 내력을 겨루는 싸움은 되지 않을 테지. 다만…….'

문제는 추도향이었다.

추도향이 아무리 신주오기의 일인으로 최절정의 무예를 익히고 있다고 하더라도 천풍에 비할 바는 아니었다. 냉정

하게 말하면 진현이나 혜광에게도 미치지 못한다. 그녀와 보조를 맞추자면 그만큼 그의 걸음은 늦어질 수밖에 없는 것이다.

그건 추도향도 모르지 않았다.

천풍의 마음이 지금 얼마나 급한지도 알고 있고 그런 급한 마음에 자신이 방해가 되고 있다는 것도 안다.

"저를 염려하시는 거라면 신경 쓰지 않으셔도 돼요. 먼저 가세요. 저도 늦지 않게 바로 뒤따를 테니까."

이미 마음은 소림을 향해 달려가고 있는 천풍이었다. 추도향이 그렇게 말해주니 지체할 이유가 없었다. 천풍은 지금까지 살면서 이보다 더 빨리 달린 적이 없을 정도로 죽을 힘을 다해 경공을 펼쳤다. 그리해 단번에 호북성을 넘어 하남성에 진입했고 그로부터 하루가 채 다 지나기 전에 숭산에 도착했다. 그런데,

'늦었다!'

이미 숭산은 흑지의 본대로 가득 차 있었다.

혜광이 어찌 되었을지 걱정이 앞섰다.

한시라도 빨리 그의 생사를 확인하고 싶었다. 그러자면 흑지와의 마찰을 최대한 피해야 했다. 그래서 우회로를 택했다. 비록 멀리 돌아가야 하는 길이지만 개미떼처럼 모여 길을 막고 있는 흑지의 본대를 뚫고 가느니 차라리 우회하

는 편이 좀 더 빨리 대소림 본사에 당도할 수 있을 것 같았다.

그리해 천풍은 우회해서 소실봉을 올랐다. 그렇게 점점 대소림 본사와 가까워질수록 마음은 시시각각 급해지는 데 반해, 반대로 조금은 안심할 수가 있었다. 그도 그럴 것이 소림사와 가까워질수록 병장기의 마찰음과 함성, 비명, 일갈이 점점 커지고 있었기 때문이다.

'아직 소림은 무너지지 않았다!'

저항이 드세다.

이는 소림이 아직 건재하다는 뜻이고 그만큼 혜광이 살아 있을 확률이 높다는 뜻이다.

희망은 조급함을 더욱 부추겼다.

천풍은 한층 더 속도를 높였다.

이윽고, 드디어 대소림 본사의 그 웅장한 모습이 시야에 들어왔다.

아니나 다를까, 거기에선 치열한 공방이 오가고 있었다.

족히 일만은 되어 보이는 흑지의 본대와 그에 맞서는 이천의 소림승들.

머릿수가 너무 딸렸다.

그만큼 흑지의 기세는 사나웠다.

그런데도 소림승들은 조금도 위축되지 않고 당당히 이에

맞서고 있었다.

소림의 저력이 새삼 느껴지는 광경이었다.

소림은 천풍이 생각했던 것보다 훨씬 더 강했다.

칠십 년의 봉문이 무색할 만큼, 왜 소림이 무림의 태산북두로 일컬어지는지를, 천하공부가 모두 소림에서 나왔다는 말이 왜 허언이 아닌지를, 천 년 역사의 그 뿌리 깊은 힘을 지금 천풍은 목격하고 있었다.

하지만 그럼에도 차츰 역부족을 드러내고 있었다.

흑지의 본대는 이미 인력으로는 어찌할 수 없는 거대한 파도였다. 그 거대한 파도를 거스를 수 있는 힘이 소림에겐 없었다.

무너지고 있었다.

소림승들이 쳐놓은 벽은 가장 중심에서부터 허물어지고 있었다. 그리고 거기에 도제가 있었다.

처음부터 도제가 거기에 있었던 것은 아니었다. 만일 그랬다면 천풍이 이곳에 와서 보게 되었을 광경은 지금과는 전혀 다른 풍경이었을 것이다.

지금 막 전장으로 나선 것이다.

그리고 그 압도적인 존재감을 유감없이 드러내기 시작했다.

도제의 일수에 소림승들이 맥없이 소멸해가고 있었다.

그 옆에 아극소가 있었다.

그리고 또한 그 앞에 혜광이 있었다.

혜광의 옆으로 소림의 장문 영부인 녹옥불장을 들고 있는 늙은 고승은 아마도 소림 방장 공효일 것이다.

그야말로 백척간두의 위기였고 일촉즉발의 상황이었다.

도제가 그 압도적인 존재를 드러내고부터 삽시간에 절망이 숭산을 뒤덮은 가운데, 혜광의 눈빛이 분노와 적개심으로 시뻘건 혈광을 뿜어내고 있었다.

혜광의 저 같은 눈빛을 단 한 번도 본 적이 없었다.

당장 도제를 향해 달려든다고 해도 이상할 것이 없는 상황이었다.

앞뒤 살필 겨를이 없었다.

천풍은 그 즉시 소림승들을 훌쩍 건너뛰어 혜광을 등지고 도제를 마주했다.

제11장

경천동지(驚天動地), 도제와 싸우다

싸움이 멈췄다.

그토록 사납게 밀어붙이던 흑지의 고수들이 순간 누가 먼저랄 것도 없이 공격을 멈췄다.

"파천대성!"

누군가 그렇게 외쳤다.

동요가 일었다.

무자비할 정도로 무감정하게 칼을 휘둘러대던 흑지의 고수들이 천풍의 등장에 당혹감을 드러내며 당황하고 있었다.

그도 그럴 것이 이곳에 있는 흑지의 고수들 중 태반이 용궐에서 파천대성의 신위를 직접 경험했던 자들이었다.

천풍의 존재는 뼛속 깊이 새겨진 그날의 공포를 다시금 떠올리게 하기에 충분했던 것이다.

반대로 소림승들에겐 흑지의 무리에서 터져 나온 '파천대성'이란 이름은 공포가 아닌 희망이었다. 또한 반가움이었다.

"천풍 너……."

느닷없이 자신의 앞을 막아선 인형을 보며 순간 의아해하던 혜광이 이내 그것이 천풍임을 확인하고는 놀라움과 더불어 반가움을 드러냈다.

그런 혜광을 보는 천풍은 마음이 좋지 못했다.

전날 보았던 것과 크게 다를 바 없는 몸이었다.

잘려나간 어깻죽지에선 여전히 핏물이 배어 나오고 있었고 그 얼굴은 핏기 한 점 없이 창백했다. 남은 한 손에 들린 검은 한 줌 기력마저 다 짜낸 것인지 위태롭게 떨리고 있었다.

천풍의 눈에 만감이 교차했다.

또한 혜광도 만감이 교차하는 눈으로 천풍을 본다.

그렇게 눈으로 충분히 대화를 나눈 천풍은 이윽고 고개를 돌렸다.

"오랜만입니다, 어르신."

"그래, 오랜만이로구나."

도제가 그렇게 간단히 천풍의 인사를 받았다.

"언제고 너와 만나게 될 거라 생각은 했었다마는 그게 오늘이 될 줄은 몰랐구나. 그래, 어떻게 여기까지 오게 된 것이냐?"

"어르신을 만나 뵙기 위해 오던 길이었습니다. 그런 중에 이곳의 소식을 듣게 되었구요."

"나를 만나러 오던 길이었다? 왜?"

"어르신이 이처럼 참담한 일을 저지르고 계신 것이 저 때문이라 들었습니다."

"흠…… 향이 그 아이를 만난 게로군."

"사실입니까?"

"글쎄…… 너 때문일 수도 있고 현천 그분 때문일 수도 있고, 그도 아니면 내 부족함에 대한 부정과 아집 때문일 수도 있겠지. 허나 그런 것이 무슨 상관이겠느냐? 내가 지금 여기에 있고 네가 또한 지금 여기에 있는 것을."

"멈춰주실 수는 없습니까?"

"멈추라…… 여기서 멈추기에는 너무 멀리 왔지. 아니, 멈추는 법을 알았다면 지금 내가 여기에 있지도 않았을 게야. 이제 나는 나를 멈출 수가 없네. 진정 나를 멈추게 하고 싶다면 그건 이제 내 몫이 아니라 네 몫인 게지."

더 이상의 대화는 불필요했다.

만일 이곳이 아니라 다른 곳에서 도제를 만났다면, 그랬다면 좀 더 많은 이야기를 나눌 수 있었을지도 모른다. 그랬다면 도제의 마음을 돌릴 수 있었을지도 모른다.

하지만 한 치의 물러섬도 없이 생과 사가 첨예하게 대립하고 있는 이곳에서는 그것이 불가능했다.

그것을 무시해 버리기에는 서로가 짊어지고 있는 짐이 너무 컸다.

싸워야 했다.

싸울 수밖에 없다.

도제를 멈출 방법은 오직 그 하나뿐이다.

천풍은 묵필을 꺼내 들었다.

그리고 도제를 보았다.

'역시 보이지 않아.'

지난날 그를 처음 보았을 때와 똑같았다.

결이 보이지 않는다.

반대로 도제는 여유로웠다. 천풍을 보면서도 또한 천풍을 보고 있지 않은 듯한 망연한 눈이 무엇을 의미하는지 천풍은 너무도 잘 알고 있었다.

자신의 결을 보고 있음이다.

그건 곧 도제는 능히 자신을 소멸시킬 수 있다는 뜻이었다.

그것이 실로 큰 압박감으로 다가왔다.

도제의 망연한 눈은 마치 만 근의 철쇄라도 된 듯 천풍의 온몸을 짓뭉개고 있었다.

하지만 어차피 각오했던 일이다.

지금의 상황을 수천 번, 수만 번도 더 그려보았었다.

결의 무예로는 도제를 상대할 수 없다는 것도 너무나 잘 알고 있었다.

결국 믿을 것은 천극신공뿐이다.

천풍은 묵필을 고쳐 쥐며 자세를 잡았다.

수에 무게를 두고 공을 준비하는, 아직 초식명도 정하지 않은 지극히 평범해 보이는 기수식이었다.

그런데 그 순간 놀랍게도 도제 백무강의 얼굴에서 여유가 사라졌다.

"허……!"

천풍의 그 평범한 기수식에 탄성마저 절로 토해낸다.

"이것이로군."

결의 무예를 사용하지 않고도 용궐에서 흑지 일만 고수를 단신으로 상대했던, 천하에 두려울 것이 없던 아극소에게 처음으로 무서움이란 것을, 공포란 것을 알게 해줬던 천풍의 무예.

들어갈 수 없다.

손만 뻗으면 닿을 듯 가까이에 있는 결이건만 도무지 손을 뻗을 수가 없다. 단지 기수식을 취했을 뿐인데도 그것은 이미 그 자체로 뚫을 수도 넘을 수도, 심지어 가까이 다가갈 수도 없는 철벽이 되어 있었다.

"완전함…… 이라는 건가?"

백무강은 그렇게 해석했다.

완전함.

결함이 없는.

더구나 그 안에는 섬뜩하도록 날이 선 치열함이 있었다.

그 날 선 치열함이 그의 내면 깊숙이 오래도록 잠들어 있던 무언가를 자극한다.

'얼마 만인지 모르겠군.'

전신 모공의 털을 곤두세우게 하는 스멀거리는 긴장감.

또한 얼마 만인지 모르겠다.

가슴 저 밑바닥에서 꿈틀대는 승부욕.

정말 얼마 만일까?

이렇게도 선명하게 살아 있음을 느껴본 적이.

지금 이 순간의 감각들을 놓치고 싶지 않았다.

단지 신기루라도 좋았다.

돌아서면 모든 것이 물거품이 되어 사라져 버린다고 해

도 좋았다.

조금이라도 더 오래, 조금이라도 더 강하게 지금의 이 격정을 즐겨보고 싶었다.

그리해 백무강은 발밑에 굴러다니는 칼 하나를 주워 들었다.

이 또한 얼마 만에 잡아보는 건지 모르겠다.

뜨겁다.

다스릴 수 없는 욕망이, 억누를 수 없는 욕구가 주체할 수 없는 뜨거움이 되어 온몸을 휘감는다. 그것은 차라리 전율이었다.

그 소름 돋는 전율이 손을 타고 흘러 칼날에 스민다.

우우우웅.

파리하게 떨리는 칼, 그리고 그 떨림의 끝에 어떤 묵직한 기운이 칼끝에 맺혔다.

파파파팟!

공기가 찢긴다.

쿠웅!

내딛는 걸음에 땅이 갈라지고 갈라진 땅의 파편이 사방으로 흩날린다.

그때,

"하합!"

한껏 격앙된 일갈을 토한 도제 백무강이 그대로 천풍을 향해 신형을 날렸다.

무시무시한 빠름이었다. 또한 우악스러울 정도로 과격했다.

그렇게 전력으로 부딪쳐오는 도제 백무강을 천풍 또한 전력으로 맞서갔다. 그리고 천풍의 묵필과 도제의 칼이 허공의 한가운데서 충돌했다.

콰콰콰콰!

하늘이 흔들렸다.

산천초목이 비명을 토했다.

그들이 만들어내는 강기의 폭발은 그야말로 온 세상을 찢어발길 듯 강렬했다.

그것이 시작이었다.

천극신공의 완전함을 뚫고 그 속의 결을 취하려는 도제와 그런 도제의 공격을 막고 자신의 결을 내어주지 않는 것은 물론이고 그야말로 힘 대 힘으로 도제를 꺾으려 하는 천풍의 대결은, 소림승들과 흑지의 모든 고수들마저 벌린 입을 다물지 못하게 할 만큼 화려했고 가공스러웠으며 또한 치열했다.

공효도 혜광도, 심지어 아극소마저 지금 이 순간만큼은 그저 구경꾼에 지나지 않았다.

그 누구도 끼어들 수 없는 둘만의 세계가 펼쳐지고 있었다.

기예와 기예를 겨루고 내공과 내공이 충돌하며 의지와 의지가 팽팽히 맞선다.

특히 도제의 공격은 집요할 정도로 천풍을 휘저어대고 있었다.

도제의 공격은 지극히 단순한 논리에서 출발하고 있었다.

'초식은 완전할 수 있다. 하지만 그것을 사용하는 사람은 완전할 수 없다.'

그가 공략하는 것은 천풍의 천극신공이 아니라 천풍 그 자체였다.

사람이기에, 사람이므로 반드시 허가 생기게 될 것이다.

비록 찰나의 틈일지라도, 먼지 한 톨보다도 작은 틈일지라도 도제에겐 그거면 충분했다.

그런데, 그렇게 천풍을 흔들어대도 도무지 허가 나타나지 않는다.

그야말로 혼신의 힘을 다하는데도 천풍은 여전히 굳건했고 천극신공은 여전히 철벽처럼 단단했다.

단지 하나의 무공이 아니기 때문이었다.

하나의 무공을 고치고 다듬어 완전하게 만든 것이라면 무자비할 만큼 과격한 도제의 공격에 절대로 버텨내지 못했을 것이다.

수백 수천의 무공이 덧대어진 무공이 천극신공이었다.

그리해 완전해진 것이었다.

그리고 그 완전함이란 그것을 쓰는 사람의 부족함마저도 품은 것이기에 완전함이라 할 수 있었다.

하지만 도제는 포기하지 않았다.

물러서지도 않았다.

오히려 벽이 단단하면 단단할수록 그 안에서 요동치는 승부욕이 더욱더 강하게 그를 자극한다.

'부순다!'

부술 것이다.

자신의 앞에 놓인, 금강석보다도 단단한 벽을 반드시 부수어 보일 것이다.

지금 도제의 머릿속에는 오직 그 하나의 일념뿐이었다.

순수하리만치 단순한 오기.

적어도 이 순간만큼은 단 일수로 간단히 생명을 소멸하던, 얼음처럼 차갑던 사신이 아니었다. 지금 여기에 있는 것은 순수하게 무공에 미쳐서, 도에 미쳐서 나고 자란 땅마저 버리고 무작정 중원으로 달려왔던 그 시절의 도제 백무강이었다.

강하고 고집스럽고 미련할 만큼 무공밖에 몰랐던 그 시

절의 백무강이 되어 우직하게 천풍이 만든 철벽을 두드려대고 있었다.

그 같은 백무강의 순수하고 우직한 공격은 천풍에게마저 묘한 공명을 불러일으켰다.

여태까지는 그저 적으로서 도제를 보았고 생존을 위해 그의 칼을 받았지만 지금은 어딘지 도제가, 그리고 도제의 칼이 사뭇 다른 느낌으로 다가왔다.

시원하달지 유쾌하달지, 그도 아니면 즐겁다 할지…….

흥이 돋았다.

그건 도제 또한 크게 다르지 않았다.

그때부터였다.

분위기가 변했다.

공기가 달라졌다.

그들의 대결은 여전히 치열하고 가공스러웠지만, 그들 사이를 가득 채웠던 숨 막히는 긴장감은 어느새 자취를 감추고 기분 좋은 열기가 그 자리를 대신했다.

이제 그들의 대결은 합을 겨루는 것이 아니라 합을 맞추는 느낌이었다. 치열한 공방은 여전했지만 오히려 그래서 더 빈틈없이 잘 짜인 합처럼 느껴졌다.

아니, 그것은 차라리 한바탕의 춤사위라 해야 옳았다.

흥겨운 것이다.

살기가 사방에 흩날리고 살의가 하늘을 덮고 있는데도 더없이 흥겨운 것이다.

특히 도제는 그 감흥이 남달랐다.

그저 칼을 휘두르는 것만으로도 즐거웠던 기억이 대체 얼마 만인지 모르겠다.

가진 모든 힘을 다해 전력으로 부딪칠 수 있는 상대를 만난 것이, 그로 인해 느끼는 이 충실감이 얼마 만인지 모르겠다.

정말이지 미치도록 즐겁다.

너무도 즐거워서 이 순간만큼은 다른 것을 생각하고 싶지 않았다.

아니, 이미 잊었다.

흑지도, 소림도, 현천도, 자신이 짊어진 모든 것과 또한 자신이 버렸던 모든 것도…….

도제 백무강은 그렇게 모든 것을 잊고 이 순간의 즐거움에, 그 충실감에 자신을 내맡겼다.

하지만 참으로 오랜만에 찾아온 유희는 허무할 만큼 짧았다.

그가 모든 것을 잊고 그 하나의 유희에 모든 것을 내맡긴 그 순간, 지금까지 그가 보고 있던 세상이 돌연 변했다.

사라졌다.

결이.

그 한 점을 차지하기 위해 그토록 신명 나게 한판의 춤사위를 벌였건만 어떻게 된 일인지 지금 이 순간 결이 보이지 않는다.

'이게 대체…….'

그 갑작스러운 변화는 비단 그 혼자만의 것이 아니었다.

그가 모든 것을 내맡긴 그 순간 천풍의 시야도 변했다.

보인다.

결이.

그렇게도 보려고 애를 쓸 때는 보이지 않던 도제 백무강의 결이 어찌 된 일인지 지금은 너무도 선명하게 눈에 들어왔다.

또한 지금껏 오직 단 한 점에만 머물러 있던 도제의 눈이 그 대상을 잃고 급격하게 흔들리고 있는 것이 무엇을 의미하는지도 알았다.

'내 결이 보이지 않는 것이다!'

그렇게 서로가 보는 세상이 변하자 서로의 상황도 변했다.

위치도 입장도 달라졌다.

지금까지 도제가 먹이사슬의 정점에 있었다면 이제는 천풍이 그 먹이사슬의 정점에 서게 된 것이다. 다만 그 짧은 순간에 그것을 인식하기에는 지금의 상황이 너무 갑작스러웠다.

그러나 당혹과 그보다 깊은 의문이 스쳐 지나고 천풍은 이내 이것이 다시없을 천재일우의 기회라는 것을 깨달았다.

어떻게 된 영문인지는 모르지만 지금이라면 이 희대의 괴물을 제압할 수 있다. 더구나 천풍이 느낀 당혹이나 놀람보다 도제가 받은 충격이 훨씬 더 큰 것인지, 천풍이 이것이 천재일우의 기회임을 깨닫는 그 순간에도 도제는 여전히 그 충격에서 벗어나지 못하고 있었다.

그야말로 무방비 상태였다.

지금이라면 너무도 간단히 도제의 결을 취할 수 있다.

망설일 여유가 없었다.

비겁을 논할 상황도 아니었다.

이 천재일우의 기회에 자신은 물론이고 소림과 친구 혜광의 목숨 줄이 달려 있었다.

천풍은 그 즉시 도제를 향해, 맺음의 결 그 한 점을 향해 신형을 날렸다. 아니, 신형을 날리려 했다. 그런데 바로 그 순간이었다.

"이 개자식아! 죽엇!"

흑지의 무리에서 느닷없이 한 인형이 튀어나와 그렇게 원독에 찬 일갈을 외치며 천풍을 향해 검을 집어 던진 것이었다.

상당한 공력이 깃든 검이었다. 더구나 너무도 갑작스럽게 벌어진 일이었다. 하지만 그것이 천풍을 위협할 정도는 아니었다.

깡!

자신을 향해 짓쳐드는 검을 묵필로 간단히 쳐냈다.

그리고 자신을 향해 원독 어린 눈빛을 이글거리고 있는 인형의 얼굴을 보았다.

순간, 천풍은 놀란 눈을 휘둥그레 떠야 했다.

그도 그럴 것이 그에게 검을 던진 그자는 놀랍게도 철사금장의 사질이자 죽은 무림맹주 탁종도의 제자이며 형산파의 장문제자인 형산유룡 위서량이었던 것이다.

대체 왜 그가 흑지의 무리에 끼어 있단 말인가?

그러고 보니 며칠 전 일신루에서 들었던 이야기가 생각이 났다.

구대문파의 수장들 중에 회합을 흑지에 알린 배신자가 있었을지도 모른다고 했었다.

형산파가 멸문지화를 당한 상황에서 위서량이라면 마땅히 장문대행을 맡을 만한 자격이 있는 위치에 있었다. 회합에 대해서도 당연히 알고 있었을 것이다.

'결국 배신자는 저자였다는 건가?'

하지만 대체 왜?

대체 왜 그가 중원 무림을 배신하고 사문을 멸문시킨 불구대천지수나 다를 바 없는 흑지에 붙어 있단 말인가?

하지만 그것을 깊이 생각할 여유가 지금 천풍에겐 없었다.

위서량으로 인해 마음이 흐트러진 그 찰나의 틈으로 느닷없이 서늘한 무언가가 옆구리를 파고들었기 때문이다.

도제였다.

위서량으로 인해 천재일우의 기회를 놓쳐버린 그때 그 소란한 틈을 타 정신을 수습한 도제가 즉시 반격을 가한 것이었다.

방비하기엔 늦었다.

도제의 칼이 이미 옆구리를 깊이 베어 들어오고 있었다.

그 순간 천풍이 할 수 있는 것은 차가운 칼날이 더 깊이 들어오기 전에 그것을 쳐내는 것뿐이었다.

까앙—!

동시에 그 반동을 이용해 도제의 칼과는 반대 방향으로 몸을 날렸다.

하지만 힘이 채 실리지 못한 묵필로는 그것을 온전히 쳐내기엔 역부족이었다.

"크윽!"

옆구리가 화끈거렸다.

상처가 깊었다.

게다가 그것으로 끝이 아니었다. 묵필에 힘이 채 실리지 않은 만큼 도제의 공격을 벗어나기에는 그 반동 또한 약했다.

도제의 서슬 퍼런 칼날은 틈을 주지 않고 재차 천풍을 노려왔다.

까앙—!

이번에는 제대로 막았다.

하지만 칼은 허수였다.

진수는 칼이 아니라 장(掌)이었다.

도제의 손바닥을 타고 항거할 수 없는 거력이 천풍의 가슴을 강타했다.

쾅—!

"크윽!"

끊어질 듯한 단말마의 비명을 뿌린 천풍이 퉁겨지듯 주르륵 미끄러졌다.

겨우겨우 신형을 잡기도 전,

쿨럭.

한 사발이나 되는 피를 토했다.

내상이 깊었다.

내상만이 아니다. 도제의 칼에 베인 옆구리에서도 시뻘건 핏덩이가 쿨럭쿨럭대며 쏟아져 나오고 있었다.

정신이 아찔해져왔다.

서 있는 것조차 힘에 겨울 정도로 그 짧은 순간 당한 피해는 가히 치명적이라 할 만큼 심각했다. 아니, 도제를 대적할 힘을 완전히 상실한 상태인 만큼 이미 천풍은 저승 문턱에 한 발을 내디뎌놓은 것이나 다름없었다.

'정말 이걸로 끝인 건가?'

죽음이 두렵지는 않았다.

그저 허무하고 아쉽다.

그런 한편으로 천축으로 떠난 스승 현야의 얼굴이 문득 떠오르기도 했다.

'아직도 그곳에 계시겠지?'

길에 난 들풀에도 한나절을 구경하는 양반이니 불교의 성지인 천축에서라면 오죽할까.

'내 생각도 까마득히 잊고 계시겠지.'

이런 지경이 되었는데도 혼자 즐거워하며 유유자적하고 있을 현야를 생각하니 괜히 서운하기도 하고 얄미운 마음도 들었다.

천풍의 사념은 딱 거기까지였다.

이윽고 도제가 천풍의 마지막 숨통을 끊기 위해 몸을 날린 것이다.

반격할 힘 따위는 전혀 남아 있지 않았다.

묵필마저도 들어 올릴 힘이 없었다.

이젠 도제의 얼굴마저 흐릿한 지경이었다.

참 신기한 게 그런데도 오늘 처음으로 보게 된 도제의 결만큼은 너무도 선명하다는 것이다.

이젠 그것을 취할 힘도 없는데 말이다.

'누구 약 올리는 것도 아니고 말이야.'

왠지 실소가 흘러나왔다.

하지만 그 실소가 채 입에 걸리기도 전에 이미 도제의 마지막 일격은 시작되고 있었다.

그런데 그때였다.

콰아아앙—!

갑작스런 폭음이 일고,

"헛!"

도제의 것으로 짐작되는 다급성이 들린다 싶은 순간, 그림자 하나가 천풍과 도제 사이에 끼어들었다.

"거참, 아무튼 손이 많이 가는 녀석이라니까."

의식이 이미 반쯤밖에 걸려 있지 않은 상황이었다.

눈도 이미 그 기능을 상실했다.

하지만 그 목소리만으로도 충분했다.

'금천우…….'

그랬다. 그는 다름 아닌 검문의 문주, 패천일검 금천우였다.

"어떻게 여길……?"

"너만 귀가 있는 것은 아니니까. 도제 저 노망난 노인네가 소림으로 가고 있다기에 말이야. 그렇잖아도 대체 얼마나 대단한 양반인지 직접 확인해보려고 했었는데 도통 기회를 잡을 수가 없더란 말이지. 그래서 이참에 한번 구경이나 해보자 싶어 달려온 거였는데, 여기에서 네 녀석을 다시 보게 될 줄은 정말이지 생각지도 못했지. 그것도 그런 한심한 꼬락서니를 하고 있을 줄은 더더구나. 덕분에 구경만 하려던 게 본의 아니게 이렇게 되고 만 거지."

그렇게 친절히 설명을 한 금천우가 이내 시선을 돌려 도제를 보았다.

금천우의 갑작스런 공격에 잠시 몸을 뒤로 물렸던 도제가 이내 신형을 바로 잡고는 금천우를 본다.

"누군가?"

"검문의 금천우입니다."

금천우의 말에 도제가 흠칫 놀라는 기색을 보였다.

"자네가 파천 그 아이의 제자로군."

도제의 말에 금천우가 히죽 웃었다.

"그렇습니다, 어르신. 검황 파천 그 망할 인간의 제자가 바로 접니다. 이미 죽어 귀신이 되었지만 말입니다."

"들던 대로, 아니, 들던 것 이상으로 그릇이 크구나."

"그렇습니까?"

"그래. 이 자리에서 명줄을 끊는 것이 아까울 정도로 말이네."

도제가 성큼 한 걸음을 내딛었다.

하지만 그 같은 도제의 위협에도 금천우는 당당했다.

"아까워하실 것 없습니다. 언젠가는 제 명줄이 다할 날이 있겠지만 적어도 그날이 오늘은 아닐 테니까 말입니다."

"호오. 나를 상대할 자신이 있느냐?"

"그런 자신도 없이 여기까지 왔겠습니까? 더구나 결의 무예라던가…… 지금은 그것도 못 쓰는 것 같은데?"

순간 도제의 눈가가 꿈틀거렸다.

"어라? 진짜였나 보네. 그저 혹시나 해서 한번 찔러본 것뿐인데. 에이, 뭐야 이게? 이럼 너무 시시하잖아?"

도제의 눈가 꿈틀거림이 더욱 선명해졌다.

"지금 시시하다 했느냐?"

아무리 결의 무예가 없더라도 도제는 도제였다.

도제 백무강이란 이름 앞에 천하가 붙고 고금이 붙은 것은 결의 무예를 알기 이전이었다. 그런 그를 앞에 두고 금천우는 지금 시시하다고 하는 것이다.

불쾌하다 못해 어이가 없을 지경이다.

그런데 금천우는 거기서 한술 더 떴다.

"게다가 내 듣기로 도제 백무강은 이미 몸도 마음도 신화경에 들어 초월자가 되었다고 들었는데 말입니다. 그래서 기대도 엄청 했는데 말입니다. 한데 막상 이렇게 뵙고 보니 그 소문이 말도 안 되게 부풀려진 것이라서 실망이 이만저만이 아니란 말씀입니다. 그도 그럴 것이 제 한마디 한마디에 어린애처럼 이렇게 금방금방 반응을 하시는 분이 무슨 놈의 신화경이고 초월자겠냐 이 말씀입니다. 아니면, 혹시 이 꼬맹이 녀석이 어르신을 인간사로 다시 끌어내리기라도 한 겁니까? 그래서 결의 무예란 것도 쓰지 못하게 되신 것입니까?"

"……"

백무강은 아무 대꾸도 하지 못했다.

어떤 반응도 할 수 없었다.

금천우의 말은 정곡을 찌른 것이었다.

아니, 단지 정곡을 찌른 것만이 아니었다.

미처 그가 깨닫지 못했던 점까지도 일깨워주고 있었다.

다시 인간세상으로 끌어내렸다는 그 말이 백무강에겐 뇌전이었고 벽력이었다.

백무강이 그렇게 아무 대꾸도 하지 않은 채 자신만의 사념에 빠져들자 이번엔 금천우가 먼저 그 앞으로 한 걸음을 내디뎠다.

"뭐, 좋습니다. 조금 시시하긴 하지만 어르신이 그렇게까지 원하신다면 제가 상대해드리죠. 거기에 더해서 여기 있는 흑지 비사천문의 친구들까지 모조리 다 덤으로 얹어서 말입니다. 이 꼬맹이 녀석조차 혈혈단신으로 일만을 상대했는데 이 내가, 이 금천우가 그 정도는 해야 그래도 면이 서지 않겠습니까?"

그렇게 말을 맺으며 검을 뽑아 드는 금천우는 정말로 그 혼자서 그들 모두를 상대하기라도 할 듯이 고개를 치켜들어 눈에 닿는 모든 것을 아우르고 있었다.

『천극의 서』 10권에 계속

無敵魔刀
무적마도
장담 신무협 장편소설
『무적마도』
천마령에 먹혀 아수라가 될 것인가!
항마의 절대선공을 익혀 아수라를 소멸시킬 것인가!
내 운명을 결정할 사람은 결국 나 자신뿐.
세상이 나를 원치 않는다면,
내 뜻대로 천하를 세우리라!
dream books
드림북스

가우리 신무협 장편소설
대한민국, 강철의 열제 가우리가 돌아왔다!
전쟁터에서 필사적으로 굴러먹던 인간 장무위,
그에게도 마침내 기연이 찾아왔다.
삼류도 되지 못했던 한 남자의
처절한 일대기가 이제 시작된다.
dream books
드림북스

수라의 하늘

한수오 신무협 장편소설

정통 신무협의 보증 수표 한수오가 돌아왔다
현세의 지옥 유황도에서 보낸 십 년
그를 비정하고 더욱 비정하게 만든 건 누명의 세월이었다
이제 곧 수라의 하늘이 드리워질지니
세상 전체에 그림자의 땅이 도래하리라

ORIENTAL FANTASYSTORY & ADVENTURE

dream books
드림북스

태제 현대판타지 장편소설
MODERN FANTASY STORY & ADVENTURE
최강신화
리버스 담덕, 역천의 황제, 파천의 군주
그리고 이어지는 태제의 야심작
『최강신화』
하늘의 후손이자 신시의 아들인 최강훈.
신화시대의 계승자가 되어 이 땅을 수호하게 된 그가
앞으로 선보이는 현대판 액션 활극에 주목하라!
dream books
드림북스

『소천무쌍』, 『위드카일러』의 작가
가람검 판타지 장편소설!

『라이던 킹』

기회와 운명이 선택한 자! 엠페러 런이 길러 낸 유일한 황제, 라이던.
부디 가장 위대한 황제가 되어
마하칸 제국의 영광을 다시 한 번 실현시켜라!

Raideon King

dream books
드림북스